Hotelblut

Der erste Krimi über Anke Fleur und ihrem Kollegen
Hans Eckhard

von Claudia Tülp

© 2023 Claudia Tülp

ISBN Softcover: 978-3-347-81520-9
ISBN E-Book: 978-3-347-81523-0

Druck und Distribution im Auftrag des Autors: tredition GmbH, An der Strusbek 10, 22926 Ahrensburg, Germany

Einleitung

Das Hotel Bremer schließt nach Jahrzehnten seine Türen. Die letzten Gäste sind eingecheckt, als auch Max sich zur Nachtruhe begibt. Mitten in der Nacht hört er laute Schritte über sich. Er steht auf und geht eine Etage höher und erstarrt. Dort auf dem Teppich liegt eine nackte Frau, von einem Blutbad umringt. Panisch versucht er die Polizei zu verständigen, aber das Telefon ist tot und alle Türen vom Hotel sind verriegelt.

Die Kriminalkommissarin Anke Fleur und ihr Kollege Hans Eckhard nehmen sich diesen eigenartigen Fall an. Eine Suche beginnt. Wer ist die Tote? Warum liegt sie nackt auf dem Teppichboden im Hotel? Warum ist das ganze Alarmsystem ausgeschaltet? Zu viele Fragen verbinden sich mit dem einem Opfer. Das ganze Team arbeitet auf Hochtouren an diesem Fall und sie kommen nur in ganz kleinen Schritten voran. Als dann noch ein weiterer Mord passiert und auch Max tot aufgefunden wird, stehen die beiden Kriminalkommissare ziemlich unter Druck.

Mit einem mulmigen Gefühl beendet Max den abendlichen Rundgang durch die ungenutzten Etagen und zieht sich in sein Zimmer im ersten Stock zurück. In der Nacht reißt ihn ein Geräusch aus seinem Tiefschlaf. Schritte poltern über ihm, wo niemand sein dürfte. Genervt steht er auf und geht über das Treppenhaus nach oben. Es bleibt ihm wohl auch in der letzten Nacht nicht erspart, dass angetrunkene Gäste versuchen, ihre Schlüsselkarte in die richtige Tür auf der falschen Etage zu stecken. Doch als er auf den Flur tritt, erstarrt er. Sein Blick wandert von dem Körper über die Blutlache hin zu den roten Spuren auf dem Teppichboden und an der Wand. Er sieht sich um und die Blutflecke sind über den ganzen Flur verteilt bis hoch oben zur Decke. Sein Gesicht wird übermannt von Panik. Was war hier in den letzten Stunden geschehen? Ihm wird übel und er will sich an der Wand abstützen, besinnt sich aber eines Besseren, da kein Blutfleck seinen Schlafanzug verzieren sollte. Panisch sieht er an seinem Schlafanzug herunter. Er atmet tief durch und geht vorsichtig die Treppe herunter zurück in sein Zimmer. Mit zitternden Händen nimmt er das Telefon, welches auf seinem kleinen Schreibtisch in dem einfachen kleinen Zimmer steht. Die Leitung ist tot. Er drückt mehrmals auf den grauen Knopf an der Telefonanlage, aber es bleibt still.

Vorsichtig schiebt er die Gardine beiseite und schaut aus dem Fenster. Draußen scheint alles so wie immer. Er sieht das Scheinwerferlicht der Autos und die rote Leuchtreklame vom Gebäude gegenüber. Max versucht, einen klaren Kopf zu behalten und atmet tief ein und aus. Er trinkt ein Glas Wasser und überlegt, erst einmal in die Lobby zu gehen, um an der Rezeption das Telefon zu nutzen. Seine Beine gehorchen ihm aber nicht. Er setzt sich auf das Bett und sieht dabei auf den Fußboden. Blutflecken auf seinem Teppich! Kleine rote Blutspuren von der Tür zu seinem Bett. Die Schuhe! Er hat mit einem Schuh das Blut bis hierhergetragen. Total entsetzt schlüpft er aus seinen Pantoffeln. Er stellt sie in die Ecke und überlegt panisch, wie er das der Polizei erklären soll. Er zieht seinen Schlafanzug aus und schlüpft in die Hoteluniform. Bevor er den Schlafanzug auf das Bett legt, überprüft er diesen noch auf weitere Blutspuren. Gott sein Dank ist nichts zu sehen. Mit zitternden Beinen öffnet er erneut seine Zimmertür. Eine unheimliche Stille herrscht im Flur. Sein Blick wandert vorsichtig nach rechts und links. Langsam geht er zur Treppe. Er horcht erst einmal bevor er die Treppe heruntergeht. Die ersten Stufen sind geschafft, auf einmal ein Schrei, der ihm durch Mark und Bein geht. Erschrocken bleibt er stehen. Das Blut in seinen Adern gefriert und kalter Schweiß breitet sich über seinen Rücken aus. Vorsichtig geht er weiter. Noch 15

Stufen und Max ist unten. Er weiß, dass die letzten beiden Stufen quietschen. Er springt über die letzten Stufen und beim Aufsetzen nimmt er eine Gestalt wahr, die im Sessel an der Rezeption sitzt. „Wer sind sie!", schreit Max hysterisch. Er scheint seine Stimme nicht mehr unter Kontrolle zu haben. Erschrocken steht Herr Kayser auf. „Was schreien Sie mich denn so an?" Jetzt erkennt Max einen seiner letzten Gäste für diese Nacht. „Entschuldigen Sie Herr Kayser, aber ich habe…" Er schluckt. Soll er wirklich mit der Wahrheit raus? „Ich habe mich erschrocken, weil Sie hier im Dunkeln alleine sitzen." Er beschließt den Mund zu halten und geht dabei weiter Richtung Rezeption. „Ich dachte, ich hätte etwas gehört und konnte danach nicht mehr einschlafen. Hoffte hier noch einen Whiskey trinken zu können, aber es ist alles ziemlich dunkel hier", argumentiert Herr Kayser. „Was haben Sie denn gehört?", fragt Max vorsichtig und geht zum Lichtschalter. Jetzt war es sowieso egal, leise zu sein. Er schaltet das Licht über dem Tresen ein. „Das weiß ich auch nicht. Wahrscheinlich habe ich das geträumt. Meine Frau schläft zum Glück noch. Ihr Gekeife könnte ich jetzt nicht auch noch ertragen." Max geht zur Hausbar und schenkt gleich zwei Whiskeys ein. Davon gibt er einen weiter an Herrn Kayser. Dabei blickt er auf das Telefon. Es leuchtet nicht. Also auch hier ist es ausgestellt. Mit dem Glas in der Hand geht Max zur Eingangstür und zieht am Griff. Verschlossen und das ist auch gut so. Er zieht seine Schlüsselkarte aus der Tasche und hält sie vor den Scanner. Nichts passiert. Kein Klick und kein Aufleuchten des Signalpunktes. Das System scheint unterbrochen zu sein. Max spürt, wie jetzt Schweißtropfen von den Schläfen auf seine Uniform fallen und trinkt den Whiskey mit einem Mal aus. „Herr Kayser, kann ich Ihnen noch etwas Gutes tun?" In der Hoffnung, der ältere untersetzte Herr geht wieder zurück in sein Zimmer. „Nein, ich bleibe hier noch etwas sitzen und schaue noch ein wenig raus. Selten habe ich diese Ruhe." Dabei setzt er erneut das Glas Whiskey an. Das will Max nicht hören. Er geht wieder hinter die Rezeption und drückt den Alarmknopf unterhalb des Tresens. Jetzt heißt es abwarten. Die Polizei wird gleich hier sein, redet er sich ein. Beim Blick auf das Schlüsselbrett fällt ihm auf, dass der Schlüssel für die Suite 31 fehlt. Das ist in der dritten Etage. Er versucht sich daran zu erinnern, wann er das letzte Mal oben war. Er hört ein leichtes Schnarchen. Herr Kayser ist eingeschlafen. Na toll, das jetzt auch noch! Er hebt den Telefonhörer ab und die Leitung ist still. Wo hatte er nur sein Smartphone hingelegt? Er läuft in das Büro. Nein, da liegt es auch nicht. Er schaut hinter den Schreibtisch und sieht sein Smartphone auf dem Boden liegen. Das vordere rechte Stuhlbein steht direkt auf seinem Handy. Dadurch ist nicht nur das Display zersplittert in tausend kleine Teile, sondern auch das komplette Telefon durchgebrochen. Panik überrollt ihn. Hatte er den Stuhl versehentlich daraufgestellt? Er setzt sich in die Ecke auf den Fußboden und zittert am ganzen Körper. Tränen laufen ihm über die Wangen und er hofft, dass die Polizei endlich eintrifft. Er sieht den toten Körper vor sich liegen. Max hört Schritte auf ihn zukommen. Er kauert sich immer weiter in die Ecke hinein. Er ist bestimmt der Nächste, der auf dem Boden, in seiner eigenen Blutlache liegt. „Herr Max! Wo sind Sie denn? Ich gehe jetzt wieder in mein Bett." Max atmet auf. „Ja, Herr Kayser machen Sie das. Gute Nacht!" Max steht wackelig auf und hört, wie Herr Kayser wieder zurück in Richtung seines Zimmers im Erdgeschoss geht. Er stürzt förmlich zur Eingangstür und rüttelt und zieht daran, aber sie bewegt sich nicht. Hier gibt es keine Kippfenster, da das Hotel mitten in der Stadt steht. Eine große Glasfront verziert das Gebäude. Eine Klimaanlage regelte die Temperaturen innerhalb des Hauses. „Herr Max!" Die Stimme von Herrn Kayser lässt ihn hochschrecken. „Ja, bitte!" Max dreht sich um. „Meine Schlüsselkarte geht nicht. Ich habe jetzt mehrmals die Karte vor die Zimmertür gehalten, aber es passiert nichts. Wie komme ich denn jetzt in mein Zimmer?" Die Schlüsselkarte funktioniert also auch nicht an den Zimmertüren. „Ich hole den Ersatzschlüssel. Wir können die Tür noch manuell aufschließen." Max reißt sich zusammen, geht wieder zurück in sein Büro und versucht den Tresor zu öffnen. Er gibt die Zahlenkombination ein und nichts passiert. Er versucht es ein zweites Mal und wieder nichts. Die unterschiedlichsten Zahlen spuken in seinem Kopf herum. Seine Hand beginnt erneut zu zittern. Ein drittes Mal und nichts passiert. Er ist viel zu aufgeregt und da fällt ihm ein, dass er den Generalschlüssel für die Zimmer in den Schreibtisch gelegt hatte. Er öffnet das unterste Schubfach am Schreibtisch und holt den Schlüssel für alle Zimmertüren hier im Haus heraus. Eigentlich müsste der Schlüssel im Safe liegen, aber er hatte ihn irgendwann mal einfach hier in das Fach gelegt und vergessen zurück in den Safe zu legen. Der Generalschlüssel für das ganze Hotel liegt im Tresor und da kommt er nicht heran. Hatte er den Code am Tresor falsch eingegeben? Nein, das konnte nicht sein. Die Tresornummer wurde alle sechs Monate verändert und die letzte Änderung lag vier Monate zurück.

„Es ist ja auch wirklich kein Wunder, dass dieses Hotel schließen muss! Es ist wirklich notwendig, dass hier Mal grundsaniert wird", schimpft Herr Kayser vor sich hin. „Meine Frau wollte erst telefonieren und das Telefon ging auch nicht!" Max macht sich seine Gedanken. Wann hatte er zuletzt telefoniert? Sie sind am Zimmer angekommen und Max schließt die Tür manuell auf. „Gute Nacht, Herr Kayser. Wir sehen uns beim Frühstück." Damit dreht er sich um und geht wieder zurück zur Rezeption. Immer noch keine Polizei. Nun wurde es aber wirklich Zeit. Es ist ruhig im Hotel. Zu ruhig. Max geht hinunter in den Keller. Dort ist eine Tür, um nach draußen zu gelangen, wenn der Notfall eintrifft. Sie ist mit einem Alarm gesichert, damit keine ungebetenen Gäste hereinkommen. Er atmet durch, als er den Türgriff herunterdrückt. Nichts! Einfach nichts geschieht! Die Tür bewegt sich nicht ein Stück. Sein Atem geht schneller. Jetzt braucht er eine Lösung! Er muss auf das Dach. Von dort aus geht eine Feuertreppe bis nach unten auf den Gehweg. Seine Höhenangst muss er überwinden. Hier geht es um mehr als das. Leise geht er wieder in die erste Etage über das Treppenhaus. Er sieht auf den Flur, alles ist ruhig. Langsam geht er über das Treppenhaus in die zweite Etage. Er wirft einen Blick in den langen Flur. Dort sieht er den toten Körper noch liegen. Ihm wird schlecht und ein Schauer läuft ihm über den Rücken. Er hat kurz die Hoffnung, dass er sich alles nur eingebildet habe. Er hatte in den letzten Jahrzehnten schon viel in diesem Haus erlebt, aber noch keinen Mord. Leise geht er in die dritte Etage. Ein Blick in den Flur. Alles scheint ruhig zu sein. War nicht der Schlüssel von der Suite 31 entfernt worden? Max verwirft diesen Gedanken. Er muss jetzt erst einmal hier raus. In der vierten Etage sieht er auf den Gang. Hier ist auch alles ruhig und er betritt den Gang. Er geht durch die Tür, die auf das Dach des Hotels führt. Hier ist nichts verschlossen und er durchquert die Tür zum Dach. Endlich steht er auf dem Hoteldach. Er atmet erleichtert durch. Der kühle

Wind weht ihm durch sein schütteres Haar. Es fröstelt ihn leicht. Er geht in Richtung Feuertreppe und überlegt, warum er das alles noch mit seinen 61 Jahren erleben muss. Er greift an die Metallleiter. Das Metall ist kalt und er fragt sich, wie er hier herunterkommen soll. Langsam dreht er sich rückwärts und setzt seinen ersten Fuß auf die oberste Stufe. Nur nicht nach unten sehen, ermahnt er sich. Schritt für Schritt klettert er die lange, kalte Leiter herunter und hofft, dass seine Hände das bis nach unten durchhalten.

Sie hasste den Frühdienst! Wie gerne wäre sie jetzt noch in ihrem Bett geblieben. Es ist vier Uhr morgens und Frau Anke Fleur aus der Mordkommission sitzt in ihrem unbequemen Bürostuhl und starrt auf den Bildschirm ihres Computers. Wenn kein Fall in der Mordkommission anliegt, hat sie, wie die anderen Kollegen auch, einen geregelten Arbeitstag. Sie nimmt einen Schluck aus ihrem Kaffeebecher und denkt an ihr warmes Bett. Leider schläft sie schon seit Jahren alleine, aber in diesem Beruf konnte es kaum ein Partner lange mit ihr aushalten. Den Wunsch nach einer Familie mit Kindern hatte sie schon lange aufgegeben. Sie lebt für ihre Arbeit und das heißt 24 Stunden lang 7 Tage die Woche. Sie war einmal verlobt. Lange ist es her. Sie war ihrem damaligen Freund nachgezogen. Erst mochte sie dieses Dorf mit Straßenbahn nicht. So bezeichnen die Bremer ihre Stadt, da jede Straßenbahn ihre eigene Strecke und Persönlichkeit besitzt. Sie hatte aber die Stadt mittlerweile lieben gelernt und auch deren Menschen. Kurz angebunden und eher wortkarg, wie die

Bewohner hier sind, ist auch sie. Ihre Beziehung hielt nicht ihren Einsatz bei der Mordkommission aus, aber der neue Job gefiel ihr und sie blieb in Bremen. Sie gähnte gerade, als Polizeibeamter Schulz an ihrer offenen Tür klopft. „Anke, da draußen habe ich einen Mann von dem Hotel Bremer. Er sagt, es habe einen Mord gegeben in der zweiten Etage." Dabei grinst Schulz leicht. „Okay und warum hat der gute Mann nicht angerufen und uns hinbestellt?" Anke unterdrückt ein erneutes Gähnen. „Er meint, das Telefon geht nicht und die Türen sind alle verriegelt. Er ist dann über das Dach und die Feuerleiter heruntergeklettert." Dabei verdreht er leicht die Augen. „Klar und wir haben den 1. April. Wie viel hat der Gute getrunken?" Anke nimmt ihren Kaffeebecher wieder zur Hand. „So wie er aussieht gar nichts. Er hat seine Hoteluniform an, aber ziemlich durchgeschwitzt ist er." Anke erhebt sich aus ihrem Stuhl und bindet sich ihre brünetten Haare am Hinterkopf als Zopf zusammen. „Na dann wollen wir uns den Schwachsinn mal anhören." Sie geht zusammen mit Schulz nach vorne in den Einsatzraum, wo der Tresen für die Besucher ist. Sie sieht einen ziemlich verschwitzten älteren Herrn mit Hoteluniform „Max Hotel Bremer" vorne auf und ab gehen. „Guten Morgen, Herr...?" Max dreht sich um. „Max! Einfach nur Max. So werde ich schon immer genannt." Er tritt zum Tresen vor. „Also Herr... Max... Mein Name ist Anke Fleur von der Mordkommission. Wie kann ich Ihnen helfen?"

Auf einmal verändert sich Max´ Blick. Panik steht in seinen Augen geschrieben. Ihm wird schwarz vor den Augen und verliert sein Gleichgewicht. Dabei sackt er zusammen und fällt direkt auf den Fußboden. Als Max wieder die Augen aufschlägt, liegt sein Kopf auf einer Decke und die Beine liegen leicht erhöht auf einer Kiste. „Hallo Herr Max. Geht es Ihnen wieder besser? Sie sind kurz ohnmächtig geworden", hört Max eine männliche Stimme neben sich. „Ich bin Dr. Kleist von der Rechtsmedizin. Wie gut, dass ich gerade zufällig hier hereingeplatzt bin. Geht es wieder?" Max richtet sich auf. Die Gäste im Hotel! „Wir haben einen toten Frauenkörper in der zweiten Etage und überall ist Blut an den Wänden. Die Türen sind verschlossen und das Telefon geht nicht mehr. Ich habe mit meinen Pantoffeln das Blut bis in mein Zimmer getragen! Ich bin über die Feuerleiter raus und hergekommen. Es sind noch vier Gäste im Hotel! Was ist, wenn sie wach werden und den toten Körper sehen oder selber umgebracht werden. Sie müssen schnell helfen…", sprudelt es aus ihm heraus. Anke Fleur sieht ihre Kollegen an. Schulz zuckt nur mit den Schultern. „Bleiben Sie mal ganz ruhig! Wir kümmern uns schon darum. Schulz, rufe bitte mal Hans an. Ich treffe ihn direkt vor dem Hotel Bremer. Udo, du kannst gleich mitkommen, wenn du schon hier bist. Herr Max, Sie auch. Wie kommen wir Ihrer Meinung nach in das Hotel? Nur über die Feuerleiter?" Max überlegt. „Normalerweise gehe ich über die Garage in das Hotel. Ich habe versucht über diese Tür nach draußen zu kommen, aber sie ist auch versperrt von außen. Vielleicht liegt dort etwas vor der Tür." Schulz kommt zurück. „Hans Eckhard ist gleich unterwegs und trifft dich vor Ort." Anke schnappt sich den Schlüssel für den in die Jahre gekommenen Dienstwagen. „Herr Max Sie kommen mit mir. Udo du fährst bestimmt wieder selber, oder?" Ohne eine Antwort abzuwarten geht sie in Richtung Tür zum Parkplatz.

Vor dem Hotel in der Bremer Innenstadt war noch alles still zu dieser Uhrzeit. Der Morgenverkehr hatte noch nicht eingesetzt, als Anke versucht die Schranke an der Tiefgarage mit der Schlüsselkarte zu öffnen. Auch hier funktioniert die Schlüsselkarte von Max nicht. Sie stellt das Auto direkt vor der Schranke ab und steigt aus. „Sie warten hier im Auto auf meinen Kollegen. Ich gehe schon mal in die Garage und schaue mir die Tür ins Hotel an." Damit stiefelt sie die Schräge hinunter. Sie schaut nach links und rechts. Drei Autos stehen hier unten. Max meinte etwas von vier Gästen, da konnte das mit der Anzahl der Autos hinkommen. Sie sieht die Tür, die als Notausgang deklariert ist. Komisch, der Türgriff ist mit einer Metallstange verklemmt. Das heißt, hier hat jemand mutwillig die Tür verankert. Sie hört Schritte hinter sich und dreht sich um, mit einer Hand an ihrem Halfter an der Waffe. „Nun mal ganz ruhig, Anke. Ich habe oben mit diesem Max gesprochen und er meinte, du bist hier hinuntergegangen." Sie nimmt die Hand wieder zurück. „Guten Morgen, Hans." Hans kommt mit müden Schritten auf sie zu. „Zu so einer unchristlichen Zeit braucht man keinen GUTEN Morgen zu bestellen. Was haben wir hier?" Anke zeigt auf den Griff. „Hier hat jemand etwas manipuliert und ich habe das Gefühl, dass die Geschichte von deiesem Max stimmt." Hans beugt sich vor. „Tja, hier kommen wir wohl rein, aber die Spusi dreht uns den Hals um. Hast du es schon mal oben versucht?" Anke schüttelt nur den Kopf. Beide gehen wieder über die Schräge nach oben. Mittlerweile ist auch Dr. Udo Kleist eingetroffen. „Wie gehen wir jetzt weiter vor? Ich habe es schon am Eingang versucht, die Tür zu öffnen, aber sie ist verschlossen", sagt Udo. Anke ist auf einmal voller Energie. „Wir brauchen hier Verstärkung. Ich informiere Schulz, dass er ein Team herschickt. Hans? Hast du Lust, mit mir über die Feuerleiter zu klettern?" Hans schaut nach oben. „Oh Mann! Das in meinem Alter! Weißt du, wie hoch das ist!" Anke zieht sich aber schon die Jacke aus. „Nützt ja nichts. Hättest ja mal in den letzten Jahren mehr Sport treiben können", grinst sie ihn an. Hans schnauft, zieht auch sein Jackett aus und läuft ihr nach. Max zeigt den beiden im Hof die Metallleiter für den Aufstieg. Anke überlegt nicht lange und zieht sich Stufe für Stufe hoch. Handschuhe wären hier jetzt nicht schlecht bei so einem kalten Metall, ist ihr erster Gedanke. Hans folgt ihr direkt. Auf der Höhe der zweiten Etage spürt sie, wie ihre Kraft langsam abnimmt. Die Arme werden lahm und ihr Halfter bleibt immer an einer der Sprossen hängen. Sie hört Hans hinter sich schnaufen und überlegt, ob es wirklich eine gute Idee gewesen ist, ihn hier mit hochzunehmen. Er ist nicht mehr der Jüngste und seitdem die Kinder in der Pubertät sind, ist er auch um einiges angefasster. Dritte Etage und auch hier ist alles dunkel. Sie sieht das Ende der Feuerleiter. Endlich! Ihre Arme sind fast taub. Oben angekommen setzt sie sich erst einmal auf den Boden und schüttelt die Arme aus. Sie hört das Schnaufen und wartet, dass Hans über die Mauer späht. „Was soll so ein Mist! Meine Arme sind irgendwo unterwegs abgefallen. Ich bin dafür einfach zu alt!", flüstert er, als er sich neben sie fallen lässt. Er bekommt kaum Luft und schnauft wie ein Mops mit seiner kleinen zusammengedrückten Nase. „Psst! Hör doch mal auf, so zu schnaufen!" Anke ist etwas irritiert. „Stell dir vor, aber das geht gerade nicht", zischt er ihr entgegen. Sie zeigt ihm mit den Fingern, dass sie jetzt auf die Tür zu geht. Er nickt nur und läuft hinterher. Anke zieht ihre Waffe aus dem Halfter und richtet sie auf die Tür, bevor sie diese aufstößt. Die Tür springt auf und alles bleibt ruhig. Sie geht leicht geduckt in das oberste Geschoss. Sie sind nun in der vierten Etage vom Hotel angekommen. Außer Hans´ schwerem Atmen ist sonst nichts wahrzunehmen. Beide gehen eng an die Wand gedrückt den Flur entlang. Anke sieht die Tür zum Treppenhaus. Max erzählte, die Fahrstühle sind schon abgestellt, weil morgen das Hotel geschlossen werden sollte. Schon als Kind kannte Hans dieses Hotel. Es gehört zu Bremen, wie die Bremer Stadtmusikanten und nun findet es ein Ende. Wer weiß, was hier dann Neues auf dem Bahnhofsvorplatz entsteht, ist sein Gedanke. Sie sind am Treppenhaus angelangt und gehen ruhig die Etage herunter. Ein Blick auf die dritte Ebene. Nichts, alles ist ruhig. In dem darunterliegenden Stock soll angeblich eine Leiche liegen. An der Etage angekommen, öffnet Anke leicht die Tür. Sie riecht schon den metallischen Geruch von Blut. Sie nickt Hans zu und beide stellen sich auf.

Vorsichtig geht Anke zuerst auf die Etage und Hans folgt ihr geräuschlos. Gleichzeitig sehen sie den Körper einer Frau auf dem Boden liegen. Überall ist Blut. Es scheint als ob sie regelrecht hingerichtet wurde. Anke zeigt nach unten. Die Kollegen mussten erst ins Hotel und aufräumen, wie sie das hier in den Kreisen zu sagen pflegen. Anke und Hans müssen erst einmal abwarten. Zu zweit können sie in diesem großen Komplex nichts ausrichten.

Max sitzt im Einsatzfahrzeug und sieht sich das ganze Spektakel von außen an. Sein Herz schlägt wieder ruhiger und die Gedanken sammeln sich. Hatte er nicht einen Schrei gehört, nachdem er den Körper gesehen hatte? Was war mit Schlüssel 31 passiert? Liegt der vielleicht nur auf dem Fußboden? Die Erinnerungen überstürzten sich gerade. Ein Knall reißt ihn aus seinen Gedanken. Die Polizei stürmt jetzt das Gebäude. Sie haben die Eingangstür aufgebrochen und gehen mit mehr als 10 Einsatzkräften in das Hotel hinein. Er sieht die Beamtin an der Rezeption stehen, die ihn mitgenommen hatte. Sie haben es über die Feuerleiter also geschafft. Wie war noch gleich ihr Name, überlegt er. Kurze Zeit später sieht er schon Herrn Kayser mit seiner Frau im Bademantel in der Lobby stehen. Max steigt aus dem Auto. Keiner hält ihn auf und er geht in „sein" Hotel. Jahrzehnte hat er hier gearbeitet und nun endet es mit solch einem Erlebnis. Er geht zur Rezeption und sieht, dass der Schlüssel von Suite 31 am Brett hängt. Hatte er sich so getäuscht? „Herr Max! Herr Max! Was ist hier eigentlich los?" Die Stimme von Herrn Kayser dringt in seine Ohren. „Herr Kayser, ich weiß es leider auch nicht." Da stehen die beiden im Bademantel, umgeben von der Mordkommission. Plötzlich schreit die Frau Kayser los. „Du elendiger Schuft! Jahrelang bist du in diesem Hotel mit deinen Flittchen abgestiegen und jetzt bist du stumm wie ein Fisch! Du meinst, ich weiß nichts von deinen roten, brünetten oder braunen Weibern! Wenn Herr Max nicht so loyal wäre, könnte er hier Geschichten von dir erzählen!" Wow, da muss sogar Max sich ein Lächeln verkneifen. Wie Recht Frau Kayser hat. „Liebes... Marietta! Beruhige dich doch wieder. Darum geht es hier doch jetzt gar nicht." Sichtlich am Stottern und mit hochrotem Kopf, versucht Wilfried Kayser seine Frau zu beruhigen. Auf einmal kommt einer der Polizisten mit einem weiteren Pärchen die Treppe herunter. Max sieht den Vertreter Wolfgang Meier mit seiner Frau Yvonne, die mindestens 20 Jahre jünger ist als ihr Mann. Sie hatten die Suite 11 belegt am Ende des Flures der 1. Etage. Eines von Max` Lieblingszimmern. Nach hinten in den Garten gelegen, ist es sehr friedlich und man hält es gar nicht für möglich, dass man sich mitten im Bahnhofsviertel von Bremen aufhält. Alle vier Gäste sitzen in der Lobby und machen einen verwirrten Eindruck über das, was gerade hier stattfindet. Max sieht, dass die Sonne langsam aufgeht und es verspricht ein schöner sonniger Tag zu werden. Na zumindest etwas Schönes an diesem Morgen, denkt er sich.

Das Einsatzkommando kommt die Treppe herunter. „Alles gesichert. Sie können sich jetzt frei bewegen", sagt der Sprecher zu Anke und Hans. Sie gehen zusammen mit Dr. Kleist und der Spurensicherung die Treppe hinauf in die 2. Etage. Das Blut ist schon an den Wänden angetrocknet. Anke bewegt sich von Zimmer zu Zimmer, um noch irgendetwas Brauchbares zu finden. Alle Zimmer sind leer und unbewohnt. Die meisten Möbel schon abgedeckt. Sie folgt der kleinen Blutspur, die durch die Pantoffeln entstanden war. Der Herr Max hatte sie eine Etage heruntergetragen bis in sein Zimmer. Sie kommt zurück in die 2. Etage. „Anke! Du kannst dir den Leichnam jetzt anschauen", hört sie Dr. Kleist rufen. „Wir sind so weit durch." Ankes Blick geht über den Leichnam der jungen Frau. „Was hast du herausgefunden?", fragt sie mit dem Blick auf den Leichnam. „Weiblich, ca. 28 Jahre alt. Seit ungefähr 6 – 8 Stunden tot. Zur Todesursache würde ich jetzt sagen, dass man ihr von hinten die Kehle durchgeschnitten hat. Die Luftröhre und die Halsvenen wurden durchtrennt. Deshalb auch das ganze Blut hier. Mehr kann ich erst nach der Obduktion sagen. Es sind keine Schleif- oder Tragespuren zu finden. Sieh mich nicht so an, Anke. Mehr weiß ich jetzt noch nicht." Ankes Blick geht über den Körper. Warum läuft jemand nackt in der 2. Etage über den Flur und wird dann einfach so ermordet? „Womit wurde ihr die Kehle durchgeschnitten?" Dr. Kleist packt gerade seine Sachen zusammen. „Es ist ein glatter Schnitt. Daher muss es ein sehr scharfer Gegenstand gewesen sein." Hans kommt gerade von unten wieder herauf. „Wer ist sie?", fragt er und schaut beide an. „Na, dadurch, dass sie nackt ist, konnte ich noch keine Tasche in ihrer Haut finden, wo sie den Personalausweis versteckt hat", und dabei verdreht Dr. Kleist die Augen.

„Hast du irgendwo Kleidung gefunden, Hans?"
„Nein, gar nichts. Also ob sie hier nackt reinspaziert ist."
„Das kann nicht sein. Der Max meint, hier kommt keiner ohne Zugangskarte rein, wenn er nicht an der Rezeption ist und außerdem waren alle Türen fest verriegelt."
„Ich weiß es nicht, Anke. Wir müssen dann mal…"
„Frau Fleur! Frau Fleur!", wird laut von hinten gerufen. „Hier ist ein junger Mann, der sagt, er ist Ihnen ab heute zugeteilt."
„Was ist er? Wer ist das?" Anke schaut den jungenhaften Mann mit seinem missglückten Kurzhaarschnitt an. „Ich bin Gunnar Schleif" und streckt ihr die Hand hin. „Wer?" Anke ignoriert seine Hand. „Gunnar Schleif. Ich mache ab heute mein 6-monatiges Praktikum bei Ihnen." Anke fällt alles aus dem Gesicht. Das habe ich ja total vergessen! Das ist dieser Anwärter, den sie in ihre Abteilung gestopft haben. „Aha. Dann legen Sie mal gleich los. Wie ist noch Ihr Name?" Sie schaut ihn eindringlich an. „Gunnar… Gunnar Schleif." Anke sieht Gunnar Schleif von oben bis unten an. „Also Gunnar Schleif, hier liegt ein toter Körper. Was meinen Sie dazu?" Sie wartet gar nicht erst auf die Antwort ihres Anwärters und wendet sich Hans zu, als Gunnar Schleif anfängt zu reden. „Der Körper einer jungen Frau. Sieht aus

wie ein Schnitt durch die Kehle. Keine sonstigen Einwirkungen zu sehen. Haare sehen aus, als wenn sie nass gewesen sind zum Todeszeitpunkt. Die Hand liegt etwas verdreht. Sie wollte sich bestimmt von der Wand abstützen." Anke schaut ihn mit großen Augen an. Wie um Gottes willen weiß er, dass die Frau nasse Haare hatte! Sie verdreht die Augen und nickt Gunnar Schleif nur zu. Sie dreht sich um zu Hans. „Wollen wir noch einmal in die Lobby und mit den Gästen sprechen?" Ohne eine Antwort macht sie sich schon auf den Weg nach unten in die Lobby.

„Was ist das denn für ein Besserwisser! Meint er wirklich, man kann sehen, dass die Tote nasse Haare hatte! Wieso schickt man schon wieder jemanden aus dem Studium zu uns!" Hans lächelt. „Anke! Anke, es ist gut. Warst du besser zu diesem Zeitpunkt?" Anke schaut ihn böse an und schnauft. „Frau Fleur! So warten Sie doch auf mich", kommt es von hinten. Gunnar Schleif macht sich auch auf den Weg, die Treppe herunter. Anke schnauft noch einmal und geht stumm weiter. Unten in der Lobby angekommen, sitzen die zwei Ehepaare zusammen an dem Esstisch und trinken Kaffee. Ein untersetzter Mann mit einer Halbglatze und anscheinend seine Frau, bei der das Alter auch seine Zeichen hinterlassen hatte. Botox lässt grüßen, denkt sich Anke beim ersten Blick auf diese Frau. Das andere Ehepaar komplett gegensätzlich. Er sonnengebräunt, durchtrainiert, dunkel gefärbte Haare und im gehobenen Alter. Sie jung, blond, lange glatte Haare und dünn wie eine Bohnenstange. Herr Max steht an der Rezeption und beobachtet das Ganze. Anke stellt sich neben den Tisch, wo die Gäste ihren Kaffee zu sich nehmen. „Wir haben einen Leichnam oben in der zweiten Etage und keinerlei Anzeichen, wie die junge Frau dorthin gekommen ist. Was haben Sie in der letzten Nacht gemacht, Herr... ähm..." „Meier!", hört sie die Stimme von Gunnar Schleif, der mit einem komischen Notizblock direkt hinter ihr steht. „Also Herr Meier, haben sie irgendetwas gehört?" Herr Meier schaut auf seine Frau. „Was macht man nachts? Vielleicht habe ich geschlafen und dabei nichts gehört, da ich Ohrenstöpsel benutze. Ich bin sehr geräuschempfindlich und trage deshalb die Dinger in den Ohren." Frau Meier nickt auffällig. „Dann bestätigen Sie das Frau Meier?" „Ja, ja. Mein Mann schläft seit zwei Jahren mit diesen Dingern. Ich bin immer etwas länger auf und dadurch fühlt er sich nicht gestört." Dabei spielt sie an ihrem einen Fingernagel. „Also Frau Meier. Haben Sie denn etwas gehört in der vergangenen Nacht, wenn Sie immer etwas länger auf sind?" Anke sieht sie dabei intensiv an und versucht eine Reaktion zu erkennen. Frau Meier starrt in ihre Kaffeetasse, als kann sie im Kaffeesatz lesen. „Nein, habe ich nicht. Ich habe noch im Internet Zeit verbracht, bevor ich auch ins Bett gegangen bin. Es war alles ruhig hier um uns herum." Okay, so kommen wir nicht weiter. Anke sieht auf Frau Kayser. „Haben Sie auch Zeit im Internet verbracht, bevor Sie ins Bett gegangen sind?" „Nein, ich hatte Kopfschmerzen und bin dadurch sehr früh schlafen gegangen. Ich habe vorher noch eine Kopfschmerztablette genommen. Irgendwann in der Nacht hörte ich ein Geräusch, aber das war das Öffnen unserer Zimmertür. Mein Mann war anscheinend noch in der Lobby." Dabei beäugt sie ihn intensiv. Bevor Anke etwas sagen kann, springt Herr Kayser auf. „Ja, genau. Ich war in der Lobby und habe hier vorne gesessen und mit Herrn Max gesprochen. Du schnarchst ja so, dass es niemand neben dir aushält!" Frau Kayser wird puterrot im Gesicht und springt auch auf. Anke geht vorsichtshalber einen Schritt vom Tisch zurück und tritt dabei auf den Fuß von Gunnar Schleif. Er quietscht kurz auf und springt einen Schritt beiseite. Hier kommen wir nicht weiter, denkt sie sich, nachdem Frau Kayser in ihr Zimmer zurück gerauscht ist. „Danke erst einmal für die Auskunft. Herr G... Schleif nimmt ihre Daten jetzt auf, damit wir mit Ihnen noch einmal sprechen können." Dabei nickt sie Gunnar Schleif zu und stellt sich zu Hans. „Bei den Vieren dort kommen wir so nicht weiter." Sie gehen mit Max in das Büro hinter der Rezeption. Das Smartphone liegt auf dem Schreibtisch. „Oh, ist ihr Handy heruntergefallen?", fragt Hans. „Ja, ich habe anscheinend meinen Stuhl daraufgestellt. So lag es wenigstens heute Morgen hier unter dem Stuhlbein." Gunnar Schleif, der hinterhergekommen ist, sieht über die Schulter von Hans. „Meinen Sie wirklich, dass ein Stuhlbein so etwas anrichten kann? Das sieht eher so aus, als ob das Telefon mutwillig zerstört wurde." Hans sieht Gunnar Schleif an. Der Junge könnte sogar recht haben. Schlaues Kerlchen denkt er sich. „Also Herr Max", beginnt Anke. „Gehen wir noch einmal alles durch. Sie sind aufgestanden, weil Sie einen Schrei gehört haben. Dann sind Sie die Treppe hoch und haben die Leiche gesehen." Max schüttelt den Kopf. „Nein, ein Poltern hat mich geweckt. Der Schrei kam erst, nachdem ich die Leiche gesehen habe und schon auf dem Rückweg in die Lobby war." Gunnar Schleif macht sich eifrig Notizen. „Dann muss noch jemand im Hotel gewesen sein. Wir haben nichts gefunden. Absolut nichts Ungewöhnliches." Hans klopft mit seinem Kugelschreiber im regelmäßigen Takt auf den Schreibtisch. „Wir fahren erst einmal zurück ins Büro. Wir müssen die Leiche identifizieren lassen und kommen dann hoffentlich weiter." Damit steht auch Anke auf. „Gunnar Schleif, nehmen Sie die Kontaktdaten von Herrn Max auf und das Handy nehmen wir auch gleich mit. Vielleicht finden wir noch Spuren." Das war keine Frage, sondern eher ein Befehl. „Schon erledigt, Frau Fleur", kam es von Gunnar Schleif. Hans muss grinsen.

Sie tragen im Büro die Handvoll Fakten zusammen. Alles wartet auf Dr. Kleist, dass etwas Neues von der Obduktion herauskommt. „Ich habe mal die letzten Anrufe von Max´ Telefon angefordert", kommt es von Schulz. „Gut und sonst noch irgendetwas Brauchbares?", fragt Anke. „Wir wissen nicht, wer diese Frau ist. Wie kommt sie unbemerkt ins Hotel und warum nackt. Ach, es ist zum Haare raufen." Da klingelt ihr Telefon. „Hallo Udo. Hast du etwas Neues für uns?" Aufregung verbreitet sich in der Gruppe. „Ja Anke. Also erst einmal war die junge Dame noch vor kurzem schwanger und muss ein Kind geboren haben. Zweitens, sie hat eine Narbe hinter beiden Ohren. Das heißt, ihr wurden mal die Ohren angelegt. Kein

Hinweis auf Geschlechtsverkehr vor dem Tod. Der Mageninhalt weist ein paar Böhnchen und etwas Rindfleisch auf. Keine Haut- oder Stoffreste unter den Fingernägeln. An den Fußsohlen befinden sich nur Teppichfasern aus dem Hotel und zu guter Letzt, sie ist vorher noch geschlagen worden. Sie hat Prellungen am Hinterkopf. Dieser Neue bei dir hat ja schon gesagt, dass die Hand verdreht ist. Sie hat sich anscheinend wirklich an der Wand abgestützt. Ich nehme mal an, durch den Schlag. Warum dein Besserwisser aber annimmt, dass sie nasse Haare hatte, weiß ich auch nicht. Per E-Mail schicke ich ein paar Fotos von der jungen Frau" Ein Lachen kam durch die Leitung. „Na, das ist ja schon einmal besser als gar nichts. Danke dir Udo." Anke dreht sich um. „Schulz und Gunnar Schleif übernehmen die Krankenhäuser, die eine Geburtenstation haben. Hans und ich fahren noch einmal in das Hotel. Mir ist aufgefallen, dass dort drei Autos in der Tiefgarage stehen und wir müssen noch einmal mit Max sprechen." Gunnar Schleif steckt seinen elektronischen Notizblock in die Brusttasche, wie Anke jetzt erst erkennt. Die jungen Leute haben auch immer die neueste Technik, denkt sie bei sich.

Max verabschiedet seine letzten Gäste und auch die Polizei hat das Hotel verlassen. Alleine ist er nun in diesem großen Haus. Das allerletzte Mal schließt er die Tür seines Büros. Traurig setzt er sich in die Lobby, trinkt einen Kaffee und blickt wehmütig aus dem Fenster. Sein Leben hat er hier verbracht und er könnte viele Geschichten über seine Gäste erzählen.

Er blickt auf das Schlüsselbrett. Suite 31 hängt dort, wo der Schlüssel hingehört. Er steht auf und nimmt den Schlüssel vom Brett. Er läuft über die Treppe in die 3. Etage. Die Suiten sind alle am Ende des Flurs. Er geht den Gang bis zum Ende und steckt den Schlüssel in die Nummer 31. Die Tür öffnet sich leise. Die Möbel sind abgedeckt mit weißen Laken und alle Fenster abgedunkelt. Max steht mitten im Raum. Er nimmt einen leicht süßlichen Geruch wahr. Er sieht in das Badezimmer. Nichts Auffallendes. Er dreht sich wieder um und sieht, dass die Tür vom Kleiderschrank im Schlafzimmer leicht geöffnet ist. Vorsichtig nähert er sich der offenen Tür. Mit angespannten Muskeln zieht er die Tür mit einem Ruck auf. In dem Moment fällt ein Kleiderbügel aus dem Schrank. Max schreit vor Schreck kurz auf. Er schließt schnell die Tür und verlässt die Suite 31 mit zittrigen Beinen. Er hat genug von den letzten 12 Stunden. Jetzt wird es auch für ihn Zeit, dieses Haus zu verlassen.

In der Lobby sieht er die beiden Kriminalpolizisten von der Mordkommission stehen. „Hallo! Haben Sie noch etwas vergessen?", fragt er. „Allerdings Herr Max. Wir waren eben noch einmal in der Tiefgarage und da steht noch ein Auto. Ist das von Ihnen?", fragt Anke ihn. „Ich und ein Auto? Nein, ich habe keins. Ich bin mein Leben lang in diesem Haus gewesen und habe hier quasi gewohnt. Ich habe natürlich eine kleine Wohnung in Walle, aber dort bin ich fast nie. Na ja, ab heute dann für immer" Seine Stimme gerät ins Stocken. Er will es einfach nicht glauben, dass dies jetzt seine Zukunft ist. Eine 1,5-Zimmer-Wohnung im zweiten Stock eines Mehrfamilienhauses. „Dann sollten wir uns das Fahrzeug in der Tiefgarage mal näher betrachten", dabei dreht Hans sich schon um und geht zur Rampe.

Der rote Audi ist schon sehr auffallend. Hans geht etwas die Rampe hoch, damit er Empfang hat, und gibt das Kennzeichen den Kollegen durch. Vielleicht war das eine Spur zur Toten. „Was macht ein Diepholzer hier in der Tiefgarage?", erkundigt sich Anke Fleur. „Ich habe dieses Fahrzeug noch nie gesehen", kommt es von Max. Er überlegt, wie das Fahrzeug hier in die Tiefgarage gekommen ist. „Hans! Rufe doch gleich die Spusi von da oben an. Sie kann hier erst einmal anrücken. Warum hat die Spurensicherung das Auto nicht erst schon auf Spuren untersucht!" Anke ist mehr als sauer. Wertvolle Zeit geht mit so einer Schlamperei hier verloren. Ihr Telefon klingelt. Nun muss auch sie an die Rampe der Tiefgarage für eine bessere Verbindung. Es ist Schulz. „Ja, Schulz?", ruft sie gleich in den Hörer. „Anke, leider hatten wir keinen Erfolg. Das Kind ist in Bremen jedenfalls nicht geboren. Ich bin mit diesem Gunnar Schleif wieder im Büro. Wir haben drei Telefonnummern von dem Anschluss von Herrn Max bekommen. Das werden wir jetzt überprüfen. Ach und Anke… Nimm bitte diesen Besserwisser nächstes Mal selber mit. Ich kann den jungen Mann nicht mehr ertragen." Damit war das Telefon still. Hans´ Telefon piept. „Ich habe die Adresse bekommen, wo der Wagen angemeldet ist. Hertha Würmer aus Stuhr. Denke, wir fahren dann mal zu dieser Adresse." Anke nickt. „Herr Max!", schreit sie die Rampe herunter.

„Herr Max! Nichts anfassen. Die Spusi ist gleich da. Wir sind dann mal wieder weg." Damit gehen Anke und Hans Richtung Auto.

Max bleibt in der Tiefgarage stehen und beäugt das Auto genauer. Ohne sein Wissen ist dieses Fahrzeug hier hereingekommen. Langsam geht er um das Auto und sieht vorsichtig ins Innere. Auf dem Beifahrersitz liegt ein kleiner Zettel und am Spiegel hängt ein Engel anscheinend als Glücksbringer. Er ist sehr versucht die Tür aufzuziehen, aber er lässt dann lieber die Finger von dem Griff. Genau in diesem Moment hört er den Trupp der Spurensicherung, oder wie Frau Fleur meinte die Spusi. Er tritt schnell vom Auto weg und geht das letzte Mal zurück in die Rezeption. Max nimmt seine Sachen, die er schon in einem Karton zusammengelegt hatte. Er nimmt seine Schlüssel und wirft noch einmal einen letzten Blick durch das Hotel – sein Hotel. Als er wieder unten ankommt, sieht er noch, wie die Spurensicherung abfährt und dahinter ein Abschleppfahrzeug mit dem Auto aus der Tiefgarage. Nun kann er sich verabschieden. Er klemmt sich den kleinen Karton unter den Arm und schließt die letzte Tür mit der anderen Hand zu. Den Schlüssel soll er laut dem Hotelbesitzer einfach in den Briefkasten neben dem Eingang werfen. Er steckt den Schlüssel durch den Schlitz, zögert einen Moment lang, lässt ihn dann aber fallen. Tränen spürt er in seinen Augen. Das war es nun. Er wischt sich mit dem Handrücken über die Augen und nimmt seinen Karton in beide Hände und geht zur Straßenbahnhaltestelle.

Anke und Hans fahren beim Haus in der Stuhrreihe vor. Ein kleines freistehendes Häuschen umgeben von einem makellosen Garten. Hinter dem Eingangstor stehen Callas und Sonnenblumen. Anke ist begeistert von so einem schönen Garten. Hier hat sich jemand mit viel Liebe und Zeit jeder einzelnen Pflanze gewidmet. Sie klingeln an der Haustür. Nichts. Es bleibt ruhig im Haus. Frau Würmer scheint nicht zu Hause zu sein. Hans geht rechts um das Haus und Anke links. Am Hintereingang treffen sie sich wieder und drücken dort die Klinke nach unten. Ups, es ist nicht abgeschlossen. Mit einem Klick öffnet sich die Tür. „Frau Würmer! Frau Würmer!", ruft Anke in das Haus. Anke schaut Hans an und er nickt. Sie gehen in das Haus. Vielleicht schläft die alte Dame und sie wollen sie nicht erschrecken. Der erste Raum auf der linken Seite ist die Küche. Kein Geschirr, das herumsteht und Blumen auf dem Küchentisch. Eine Eckbank aus den 70er Jahren mit Blümchenkissen verziert. Sie gehen an dem Badezimmer vorbei und Hans wirft einen Blick herein. Ein altes Badezimmer aus vergangenen Zeiten. Heute würde keiner mehr solche Art von grünen Fliesen in seinem Haus haben wollen. Vor der eigentlichen Haustür ist rechts noch eine weitere Tür. Hans öffnet die weiße Holztür und in diesem Moment nehmen sie einen Verwesungsgeruch wahr. So stark, dass Anke kurz einmal die Luft anhält, damit sie nicht spucken muss. Auf dem Boden liegt eine zierliche ältere Dame. Der Gehstock liegt neben ihr. Es sieht so aus, als ob sie gefallen wäre. Hans hält sich ein Taschentuch vor sein Gesicht und geht wieder hinaus. „Ich rufe gleich mal

Udo an und die Spusi. Es gibt heute anscheinend viel zu tun." Anke sieht sich um. Auch in diesem Raum ist alles ordentlich aufgeräumt. Frau Würmer muss schon länger tot sein, bei diesem Geruch. „Udo ist auf dem Weg mit Gunnar Schleif und die Spusi ist leicht genervt", sagt er wieder mit dem Taschentuch vor seinem Gesicht. „Die Frau sieht aus, als ob sie gefallen ist und nicht mehr aufstehen konnte. Na, das ist ja auch ein netter Tod", meint Anke sarkastisch.

Es klingelt an der Haustür und Hans öffnet von innen mit einem Handschuh die Tür. „Was ist passiert", kommt die neugierige Frage von Gunnar Schleif, als er seinen Kopf hinter Dr. Kleist vorstreckt. Ohne ein weiteres Wort bringt Hans die beiden in das Wohnzimmer. Anke und er warten gespannt auf den Würgereflex von Gunnar Schleif, aber nichts passiert. Er geht in das Zimmer und sieht sich die ältere Dame an. „Sie scheint gefallen zu sein und es stinkt hier, als ob das schon länger her ist", kommt von drinnen der Kommentar. Ein Neuling, der nicht bei so einem Geruch herausrennt, das hatten sie noch nie erlebt. Die Spurensicherung steht nun auch in der Tür und Anke und Hans gehen nach draußen. Hans zündet sich eine Zigarette an. „Meinst du, dass es eine Verbindung mit der Toten im Hotel gibt?", fragt er nach seinem ersten Zug. „Ich finde es schon merkwürdig, aber warten wir erst einmal, was Udo dazu meint. Danach können wir uns in Ruhe umsehen und die Nachbarn befragen." Gunnar Schleif kommt mit seinem elektronischen Notizblock aus dem Haus und stellt sich dazu. „Der Wahnsinn, oder? Die sieht so aus, als ob sie hingefallen wäre, dabei ist sie umgebracht worden. Da gibt es bestimmt eine Verbindung zu der Toten im Hotel." Er sieht Anke mit neugierigem Blick an. „Also ist Dr. Kleist fertig?" Ohne eine Antwort abzuwarten, geht sie wieder ins Haus. „Udo! Was ist hier konkret passiert?" Er packt gerade seine Sachen zusammen. „Es sieht aus wie ein Sturz, aber ich denke, sie ist von hinten gestoßen worden. Der Aufprall war zu kräftig. Sie hat blaue Flecken im Gesicht und einen am Rücken. Sie hatte keine Chance, sich abzustützen und das ist bei einem normalen Sturz ein Reflex. Hier ging das Ganze wohl etwas zu schnell. Die Spusi ist nun auch so weit. Ihr könnt euch alles ansehen. Ich bin dann mal wieder im Labor." Udo nimmt seine altertümliche Tasche, wie vor 50 Jahren und verlässt das Haus. Auch die Spusi packt alles zusammen und geht. „Frau Fleur!", kommt die Stimme von Gunnar Schleif. „Frau Fleur ich sehe mich mal oben um." Anke schießt förmlich um die Ecke. „Ich komme mit!" Wer weiß, was dieser Jüngling sonst so anrichtet. „Gunnar Schleif, Sie können mal die Fahrzeugpapiere von dem Auto suchen." Anke überlegt, warum sie ihn mit Vor- und Zunamen anspricht, aber es passt einfach so gut zu ihm. Als sie in der oberen Etage ankommen, hat Anke das Gefühl, dass hier etwas anders ist, als unten im Haus. Im Flur stehen ein Paar Reitstiefel und der Boden ist mehr verdreckt. Sie öffnet die erste Zimmertür und sieht ein Doppelbett mit einem Moskitonetz. Bilder von afrikanischen Tieren hängen an der Wand und ein Zebrafell liegt auf dem Fußboden vor dem Bett. Hier wohnt ein Afrika Fan. Ankes Traum ist es schon länger, einmal in das südliche Afrika zu reisen, aber es war ihr irgendwie bisher nie möglich gewesen. Alleine die Vorstellung mal eben vier Wochen Urlaub zu nehmen ist nicht real. Sie sieht sich die Bilder an. Eine Elefantenherde am Wasserloch und eine einzelne Antilope mitten in der Steppe. Ein Elefant als große Holzfigur und kleinere Holzfiguren stehen zusammen auf der Anrichte. Das passt hier so gar nicht in dieses Häuschen. „Ach, sind wir jetzt in Afrika angekommen?", kommt die piepsige Stimme von Gunnar Schleif wieder mal von hinten. „Was Menschen an so einem Land reizt, verstehe ich überhaupt nicht. Hilfsgelder verschwenden kann dieser Kontinent ja ganz gut." Anke wird aus ihrem Traum gerissen. „Haben Sie schon den Kraftfahrzeugschein gefunden?" Ihr Ton ist etwas barsch, aber Gunnar Schleif ignoriert das und strahlt sie an. „Na hier in Afrika bestimmt nicht", lacht er und geht wieder aus dem Zimmer. Was will dieses Zimmer mir sagen, überlegt Anke. Sie steht in der Mitte des Raumes und überlegt, was die alte Dame mit diesem Zimmer zu tun hatte. Sie zieht ihr Notizblock aus der Jackentasche und schreibt sich das für die Fragen an die Nachbarn auf. Sie betritt den Flur und geht auf die zweite Tür im Obergeschoss zu. Die Tür ist geöffnet und sie sieht, wie Gunnar Schleif die Schubfächer herauszieht. „Was machen Sie da!" Sie reagiert bei diesem Menschen wirklich sofort aggressiv. „Frau Fleur, sie sagten eben noch, ich soll den Fahrzeugbrief suchen. Ich denke, hier in diesem Zimmer macht es am meisten Sinn" und damit öffnet er das nächste Schubfach. Anke merkt erst jetzt, dass sie in einem

Büro steht. Zu mindestens steht hier ein Schreibtisch und ein Schlafsofa. Gunnar Schleif hat recht. Hier wäre ein geeigneter Ort für persönliche Unterlagen. „Anke! Kommst du mal bitte nach unten." Ohne ein Wort dreht sie sich um und folgt der Stimme von Hans. „Hast du etwas gefunden?", fragt sie, als sie unten an der Treppe steht. „Ja, ich bin in der Küche. Hier oben im Schrank ist eine Dose mit fremder Währung." Anke steht im Küchenrahmen und sieht das Geld auf dem Küchentisch. „Das ist aber nicht gerade wenig. Zeig mal her" und dabei nimmt sie einen Schein hoch. „Ah cool, das sind südafrikanische Rand", kommt wieder mal die Stimme aus dem Hintergrund. „Das erkennen Sie so?" Anke dreht den Schein um und es steht tatsächlich Rand darauf. „Ja klar. Ich war mal drei Monate beim Zoll und da lernt man die unterschiedlichen Währungen kennen. Gerade wenn es um Elfenbein, Nashorn oder das Gürteltier geht, ist Südafrika ganz vorne mit dabei." Gunnar Schleif strahlt über beide Ohren. „Haben Sie oben etwas gefunden?" Hans grinst über den genervten Ton von Anke. Das wird nicht lange gut gehen zwischen den beiden. „Ja, habe ich. Hier einmal der Fahrzeugbrief und ein paar Postkarten aus Kapstadt." Er hält das Anke
direkt unter die Nase. Sie nimmt eine der Postkarten und fängt an zu lesen:

Hallo Oma,
es ist wirklich toll hier.
Die Sonne scheint durchgängig und die Menschen
sind sehr aufgeschlossen.

Ich genieße die Zeit am Strand und an der
Waterfront.
Von meinem Zimmer aus kann ich auf den Tafelberg
sehen!
Liebe Grüße Jana

Noch vier weitere Postkarten haben fast dieselben
Zeilen. Das erklärt das Zimmer, denkt sich Anke.
Leider ist kein Datum notiert und den Poststempel
kann man auch überhaupt nicht erkennen. Sie geht
noch einmal nach oben zurück in das Zimmer. Anke
sieht aus dem Fenster. Das Nachbarhaus ist nicht weit
entfernt. Sie müssen jetzt mit den Nachbarn sprechen.
Hier stimmt irgendetwas nicht. „Hans, wir müssen die
Nachbarn befragen, wer hier die Affinität für Afrika
hat. Gunnar Schleif, wer steht als Halter im
Fahrzeugbrief?", ruft sie schon auf der Treppe. „Das
ist Alfons Würmer. Wahrscheinlich noch der
Ehemann." „Aha, das Auto ist auf Frau Würmer
angemeldet und die Versicherung läuft über Herrn
Würmer. Was sagt uns das?" Kaum hat sie die Frage
gestellt, da antwortet Gunnar Schleif auch schon.
„Der Mann kann noch nicht so lange verstorben sein
oder vielleicht sind sie auch nur getrennt lebend. Denn
man muss innerhalb eines Jahres die Versicherung bei
Todesfall umschreiben und ..." Anke fällt ihm ins
Wort. „Ja genau und nun wollen wir mal hören, was
die Nachbarn so wissen." Hans fällt es sichtlich
schwer, nicht zu grinsen. Der junge Mann hat einiges
an Wissen, denkt er für sich. Besser ist es nichts zu
sagen, sonst geht Anke durch die Decke.

Alle drei gehen direkt zu dem Nachbarhaus, das Anke von dem Afrika Zimmer heraus gesehen hat. Bevor sie klingeln, wird die Tür schon aufgerissen. „Guten Tag, wir sind von der Mordkommission Bremen. Mein Name ist Anke Fleur, mit meinem Kollegen Hans Eckhard." „Und der Praktikant Schleif", kommt wieder die Stimme von hinten. Der ältere Herr an der Tür schaut etwas verwirrt, aber dann besinnt er sich und bittet die Drei herein. „Wir haben schon das Treiben nebenan beobachtet. Hier auf dem Dorf geht so etwas nicht an einem vorbei." „Herr Schröder, nehme ich an. Das steht wenigstens auf dem Klingelschild." Hans beginnt das Gespräch. Herr Schröder nickt. Sie gehen zusammen in die gute Stube, wie Anke es von ihrer Oma kennt. Ein Wohnzimmer für den täglichen Gebrauch und eines nur für Gäste. Es ist in die Jahre gekommen und die Möbel aus den 70er riechen schon leicht muffig. Eine kleine ältere Frau mit lockigen grauen Haaren steckt den Kopf durch die Tür. „Möchten Sie etwas trinken? Kaffee oder Tee?" Gunnar Schleif setzt gerade an, als Anke ihm gegen das Schienbein tritt. „Aua…". „Nein danke, Frau Schröder. Wir möchten Ihnen nur kurz ein paar Fragen stellen." Anke wirft Gunnar Schleif einen bösen Blick zu. Frau Schröder setzt sich neben ihren Mann auf das grüne Sofa. „Wie lange wohnen Sie schon hier?", fängt Hans an. „Mein Mann ist hier geboren, und als wir geheiratet haben, sind wir hier zu seinen Eltern wieder zurückgezogen. Also schon fast ein Leben lang", strahlt sie ihren Mann an. Anke wird ganz warm ums Herz. „Wohnen die Würmers auch schon so lange nebenan?" „Nein, nein", meint Herr

Schröder. „Sie haben erst vor ca. 10 Jahren das Haus nebenan gekauft. Wir waren etwas irritiert, wie man in diesem Alter noch ein Haus kauft. Die beiden oder bzw. die drei haben sich einen Wunsch erfüllt und es ist ja immer gut, für die Kinder vorzusorgen." Gunnar Schleif tippt fleißig in sein elektronisches Notizbuch, sodass Anke den eigenen kleinen Block weglegt. „Wieso drei?" „Oma und Opa mit ihrer Enkelin Jana. Die Mutter hat sich sehr früh abgesetzt und die Würmers haben sich um das Kind gekümmert. Die Jana ist aber auch ein Wildpferd. Aber warum fragen Sie das alles?" Endlich realisiert auch Herr Schröder, dass die Beamten hier nicht nur zum Spaß sind. Hans beugt sich leicht vor. „Wir haben Frau Würmer heute tot aufgefunden. Es sah erst aus, als ob sie gefallen ist, aber wir gehen von einem Mord aus." „Ein Mord?", schreit Frau Schröder auf. „Wer kann denn unserer Hertha so etwas angetan haben? Sie hat den ganzen Tag ihren Garten gepflegt. So schön sieht der aus." „Deshalb sind wir hier, Frau Schröder. Was ist mit Alfons Würmer?" Hans bewahrt wie immer die Ruhe. „Alfons ist vor gut 6 Monaten gestorben. Herzinfarkt morgens beim Zeitunglesen. Ist einfach so vom Stuhl gefallen, als Hertha gerade den Kaffeesatz zu ihren Blumen gebracht hat. Als sie wieder hereinkam, war er bereits tot. Die Frau tat uns so leid! Immerhin hat sie noch ihre Enkelin. Zu diesem Zeitpunkt war Jana aber gerade in Kapstadt. Das Mädel hat sich dort in einen jungen Mann verliebt und fliegt immer hin und her." Frau Schröder stand auf. „Sie möchten wirklich nichts trinken?" Gunnar Schleich hat der Tritt anscheinend geholfen. Er schüttelt den Kopf. Nun konnte Anke sich auch das Zimmer im Obergeschoss erklären. Das war das Zimmer von Jana. „Frau Schröder, wissen Sie, warum Jana nicht mehr bei ihrer Mutter lebt?" „Nein, darüber hat keiner gesprochen. Auf einer Feier haben wir das mal versucht zu hinterfragen, aber das Thema wurde sofort abgetan." „Wo ist Jana den jetzt gerade? Wir müssten sie erreichen." „Vorgestern war sie noch hier. Ich habe sie gesehen, als sie die Mülleimer an die Straße gestellt hat, aber seitdem nicht mehr. Ich wollte gerade Holz für unseren Kaminofen nach hinten bringen." Herr Schröder denkt offensichtlich nach. „Vielen Dank für Ihre Hilfe. Wir werden erst einmal alle Fakten zusammentragen und uns vielleicht noch einmal bei Ihnen melden." Somit stehen alle drei auf und gehen zur Haustür.

Traurig sitzt Max in seiner kleinen Wohnung und sieht aus dem Fenster. Was soll nun aus ihm werden? Sein Leben hat er im Hotel verbracht. Er hat keine Freunde und keine Familie. Es ist das erste Mal, dass er sich am Mittag schon einen Whiskey einschenkt und das wird nicht der Letzte für heute sein.

Im Büro sitzen alle zusammen vor dem Flipchart. Das unbekannte Opfer in der Mitte, mit einem Fragezeichen versehen. Die beiden Kaysers und die Meiers. Hertha Würmer mit ihrer Enkelin Jana und Max. Das sind die Namen um die Leiche im Hotel. „Wenn ich mal etwas sagen darf, dann würde ich fast behaupten, unser Opfer vom Hotel ist die Jana." Gunnar Schleif spricht das aus, was auch schon Anke im Kopf hat. Die Tür öffnet sich. Der Chef der

Abteilung, Erwin Leibold steht in der Tür. „Moin, was haben wir hier?" Wie immer kurz und sachlich. Das mochte Anke an ihrem Chef. Er schwafelt nicht so lange herum und brachte es immer auf den Punkt. „Gute Frage. Wir haben erst einmal nur die Namen an die Tafel gepinnt und suchen jetzt nach Verbindungen", sagt sie, mit ihrem Blick auf das Flipchart gerichtet. „Gut, dann möchte ich morgen etwas mehr wissen, bevor ich eine Pressekonferenz halten muss. Ach und willkommen Herr Schleif!" Somit schließt er die Tür wieder hinter sich. Gunnar Schleif blickt zum ersten Mal fragend. „Wie immer herzlich", lacht Hans. „Ich habe die letzten Anrufe von Max einmal nachverfolgt. Es waren ja nur drei und alle gingen zu einem Lieferanten Namens Kettler. Denke mal, er lebte bisher nur für das Hotel" kommt von Schulz. „Wann war der letzte Kontakt mit dem Lieferanten?" Anke nimmt einen Stift und wartet. „Am Dienstag. Warum auch immer, wenn das Hotel zwei Tage später geschlossen wird." Anke notiert das Datum mit einem schwarzen Stift. „Was machen die Kaysers und die Meiers beruflich?" und bleibt gleich am Flipchart stehen. „Also Herr Kayser ist Vertreter für Weine und seine Frau Marietta hat eine kleine Boutique in Düsseldorf. Herr Meier ist Eigentümer eines Möbelgeschäftes in Hamburg. Seine Frau Yvonne muss nur hübsch aussehen." Anke blickt Gunnar Schleif an. „Da kann ich nichts für. Das war die Aussage von ihm selbst", wehrt er sich. Anke legt ihren Stift beiseite.

„Hans, wir sollten noch einmal zu Udo gehen. Vielleicht hat er schon die Obduktion von Frau

Würmer angefangen und Schulz versucht diese Jana zu finden. Ein Foto oder irgendetwas muss doch im Haus sein. Nimm dann den Gunnar Schleif mit. Er ist wie ein Spürhund." Sie muss sich das Lachen verkneifen. Schulz verdreht die Augen und Gunnar Schleif springt sofort auf. Auf dem Flur dreht Hans sich zu Anke um. „Der war jetzt wirklich gemein. Hatte Schulz nicht gesagt, er will diesen Besserwisser nicht mehr mitnehmen?" Anke zuckt mit den Schultern. „Na ja, dort ist er besser aufgehoben als in der Pathologie. Er hat doch schon alles gesehen. Sag mir jetzt nicht, du willst diesen Typen um dich herum haben?" „Nein, ist ja schon gut. Er ist immerhin dir zugeteilt und ich erinnere mich noch an den letzten Studenten. Er hat fluchtartig die Abteilung verlassen, nachdem du ihn zum 4. Mal zu Udo geschickt hast, um bei einer Obduktion zuzuschauen. Obwohl du genau wusstest, dass er sich immer übergeben muss." „Tja, dann hat so jemand nichts in der Mordkommission zu suchen", lacht Anke.

Sie gehen über den Hof zum gegenüberliegenden Gebäude. Dort hat die Pathologie ihren Sitz. Dr. Udo Kleist hat seinen Bereich im hinteren Bereich des Erdgeschosses. Sein Büro ist auf der rechten Seite, nachdem man durch die Glastür getreten ist. Er sitzt hinter seinem Laptop und tippt wie wild auf der Tastatur herum. „Hallo Udo, wie sieht es aus?", fragt Anke gleich drauflos. „Ich tippe gerade meinen Bericht", antwortet er, ohne den Blick von der Tastatur zu nehmen. Anke und Hans setzten sich derweilen auf die alten harten Stühle vor seinem

Schreibtisch. Sie arbeiten schon so lange zusammen, dass sie wissen, kurz stillzuhalten, damit er den Satz beenden kann. Udo ist ein großer, schlanker Mann, der eher in sich gekehrt ist und für seine Arbeit lebt. Auch er hat eine gescheiterte Ehe hinter sich und ist die meiste Zeit hier in seinem Büro anzutreffen. Anke fragt sich manchmal, ob er überhaupt noch ein Leben außerhalb des Gebäudes hat. „So ihr beiden, jetzt bin ich erst einmal für euch da." Udo setzt gleichzeitig seine Brille ab. „Uns interessiert, was mit Frau Würmer passiert ist." Anke hält den Blick auf Udo. „Ja, ja, Frau Würmer. Arme alte Frau. Hätte bestimmt noch ein paar schöne Jahre erleben können. Sie hat Blumenerde unter den Fingernägeln an der rechten Hand. Sieht aus, als ob sie gerade aus ihrem Garten gekommen ist, als sie gestürzt ist." „Das haben die Nachbarn auch erzählt, dass sie die meiste Zeit im Garten verbracht hat. Der sieht aber auch wirklich unglaublich gepflegt aus. Meine Frau hat leider dafür keine Zeit mit den drei Kindern", sagt Hans nachdenklich. „Kein Wunder, wenn ihr Mann nur im Büro abhängt", grinst Anke. „Können wir weitermachen? Ich habe nicht den ganzen Tag Zeit." Udo schaut beide an und Anke nickt. „Wie ich schon angenommen habe, wurde bei Frau Würmers Sturz nachgeholfen. Das sagen eindeutig die Flecken auf dem Rücken. Sie konnte alleine nicht mehr aufstehen und hat dann einen Schlaganfall bekommen. Leider war ihr Tod kein einfacher. Sie muss lange gelitten haben, bis das Herz aufgehört hat zu schlagen. Todeszeitpunkt war ungefähr 8 Stunden, bevor ihr sie gefunden habt." „Die arme Frau! Das tut mir leid. Hat sich um ihre Enkelin gekümmert und dann so etwas." Hans war schon immer der sentimentale Typ Mensch. In dem Moment klingelt Ankes Telefon. „Ja Schulz, ich höre", schreit sie fast in den Lautsprecher. Sie nickt und legt auf. „Also unsere Tote im Hotel ist Jana Würmer 28 Jahre alt. Wie wir alle das schon angenommen haben." „Dann haben wir hier jetzt eine Verbindung. Nur, warum ist die junge Frau so um das Leben gekommen und dazu noch ihre Großmutter" und dabei läuft Hans im Büro auf und ab. „Haben die Gäste etwas damit zu tun? Welche Rolle spielt Herr Max?" Anke unterbricht ihn in seinen Gedanken. „Herr Max wird ja wohl kaum über die Feuerleiter klettern, wenn er Jana die Kehle durchgeschnitten hat." Hans nickt. „Das stimmt wohl. Das macht gar keinen Sinn." Udo fängt mit seinem Bürostuhl an zu wippen. „Habt ihr irgendwo ein Mordwerkzeug gefunden?" „Nein, keinen Gegenstand der dazu passt und keine Kleidung von Jana. Ach herrje. Was haben wir da wieder für ein Los gezogen! Wo fangen wir jetzt an?" Anke tippt nachdenklich mit ihrem Stift auf ihrem Notizblock herum. „Vielleicht solltet ihr einfach noch einmal mit Max ins Hotel? Was ist mit Fingerabdrücken im Haus der Oma?" „Ach Udo, im Hotel haben wir schon alles auf den Kopf gestellt. Die Spusi hat im Haus nur die Fingerabdrücke von Hertha Würmer und Jana gefunden. Ein paar noch von dem Ehemann der verstorben ist. Hans, ich denke, wir gehen noch einmal nach Stuhr. Die Nachbarn sind so neugierig, die müssen doch etwas gesehen haben. Leider gibt es nur auf der linken Seite einen Nachbarn und auf der anderen Seite ein Rapsfeld." Auf Udos

Stirn sind einige Falten. Da die drei schon seit Jahren zusammenarbeiten, weiß Anke, er greift auch verzweifelt nach einem Strohhalm. „Ok, Udo. Wir sehen uns später zum Kaffee. Bis dann." Anke steht auf und Hans winkt Udo kurz zu und die beiden verlassen das Gebäude.

Beide sitzen im Auto Richtung Stuhr, als Ankes Telefon wieder klingelt. Sie nimmt über die Freisprechanlage ab. „Fleur hier." „Hallo Frau Fleur. Hier ist Gunnar Schleif. Haben Sie mich vergessen?" Anke verzieht ihr Gesicht. „In der Tat, Gunnar Schleif. Ich habe mich noch nicht daran gewöhnt, Babysitter zu spielen. Wir sind gerade unterwegs und sind spätestens in 2 Stunden wieder im Büro. Bis dahin können Sie die Telefonverbindungen von der Rezeption im Hotel durchgehen." Damit drückt sie ihn weg. „Anke, du machst es dem Jungen aber wirklich nicht einfach. Weißt du, wie viele Telefonate in so einem Hotel stattfinden?" „Dann ist er ja beschäftigt, bis wir wieder zurück sind." Am Haus angekommen, parken sie direkt vor dem Eingang. Sie gehen noch einmal um das Haus. Irgendetwas müssen sie doch finden! Während Hans den Garten langsam abschreitet, geht Anke noch einmal in das Haus durch den Hintereingang. Von der Küche aus sieht sie in den Garten. Hier kann keiner der Nachbarn etwas sehen. Der Täter muss ihr direkt gefolgt sein, als sie vom Garten ins Haus ging. Was macht man als Erstes, wenn man Blumen gepflanzt hat? Hände waschen oder die Handschuhe ausziehen? Sie sucht nach den

Handschuhen. Vielleicht liegen die in der Garage? Hans kommt ins Haus.

„Du sag einmal, wenn deine Frau nicht den Garten macht, mähst du dann den Rasen?"

„Wie kommst du jetzt darauf? Klar, muss ich ja. Manchmal muss ich auch mal Unkraut zupfen." „Mit Handschuhen oder ohne?" Etwas verwirrt antwortet Hans. „Mit Handschuhen. Hängt der Dreck dir erst einmal unter den Fingernägeln, hast du ein paar Tage etwas davon. Wieso fragst du? Udo meinte doch, dass unser Opfer Blumenerde unter den Fingernägeln hat."

„Ja, da hast du recht, aber irgendwo müssen doch Handschuhe liegen, denn Udo meinte, unter den Nägeln an der rechten Hand. Warum hat sie nichts an der linken Hand?"

„Das stimmt. Ich war eben noch mal in der Garage und dort steht nur ein Rasenmäher, sonst nichts."

„Also muss sie das irgendwo anders aufbewahren. Wenn du aus dem Garten kommst, was machst du dann? Ich kann mit meiner Wohnung da nicht mitreden."

„Mit deiner Wohnung im Viertel! Das ist ein Unterschied. Niemand im Viertel mäht Rasen! Dafür ist einfach kein Platz."

„Ja ist gut. Alle sind immer neidisch auf meine Wohnung und das nur, weil ich das Weserstadion fast vor der Tür habe. Was meinst du, was die Männer bei so einem Spiel an der Hauswand hinterlassen. Soll ich ins Detail gehen?"

„Nein, nein, schon gut. Also ich habe alles in unserer Garage. Wir haben eine Werkbank und darüber Regale. Meine Handschuhe liegen dort."

„Also wo hat unsere Tote ihre Handschuhe jetzt?" Anke geht zurück auf den Flur. Sie sieht eine Tür unter der Treppe und zieht diese auf. Ein grüner 10 Liter Eimer mit grünen Gartenhandschuhen, eine kleine Schaufel und eine Dreizack Hacke liegt dort fein säuberlich abgewaschen. „Okay, hier ist das Gartenzubehör – sauber. Sie ist aus dem Garten gekommen, in die Küche gegangen und hat alles abgespült…" „Nein, bestimmt nicht in der Küche. Ich habe draußen einen Wasserhahn gesehen. Bestimmt hat sie draußen alles gereinigt." „Trägt man dann die nassen Sachen ins Haus, ohne Tropfen auf dem Boden zu hinterlassen?" „Nein, eher unwahrscheinlich. Wahrscheinlich hat sie die Gartenutensilien erst draußen trocknen lassen. Das würde bedeuten, unser Täter ist später gekommen. Dann muss sie ihre Hintertür offengelassen haben." „Es kann sich dann um 1-2 Stunden gehandelt haben. Danach hat sie ihre Sachen noch hier in den Schrank gestellt. Die Tür geht relativ geräuschlos auf und da hier keine Fingerabdrücke sind, muss der Täter schon Handschuhe angehabt haben." Anke geht vom Flur in das Wohnzimmer, wo die Leiche gelegen hat. „Warum hat der Täter nichts durchsucht? Er hat sie umgestoßen und ist dann wieder abgehauen? Das macht doch echt keinen Sinn!" Hans sieht aus dem Fenster zum Nachbarn. Auch hier konnte man das Nachbarhaus eindeutig sehen. „Haben die Schröders sich nicht gewundert, dass abends kein Licht anging?", sagt er laut. „Ich gehe noch einmal nach oben. Ich möchte mich in diesem Afrika Zimmer noch einmal umsehen." Anke geht die knarrende Treppe nach oben. Die Tür steht noch offen und die Schubfächer sind noch geöffnet. Gunnar Schleif hat also seine Arbeit verrichtet, denkt sie bei sich. Anke bleibt vor den Bildern stehen. Wer bist du, Jana? Wie bist du nach Kapstadt gekommen und warum hast du so wenig Persönliches hier von dir? Sie macht das Moskitonetz hoch und klappt die Bettdecke zurück. Ein Nachthemd liegt unter der Bettdecke. Sie muss schmunzeln. Kleine Herzchen bedecken das ganze Hemd. Anscheinend war sie sehr verliebt. Keine Fotos von ihrer Mutter oder ihrem Vater. Sie überlegt, wo sie als Kind ihre persönlichen Sachen versteckt hat, die sonst keiner sehen sollte. Sie öffnet ein Fach an der Kommode mit den Figuren und sieht, dass dort die Unterwäsche liegt. Vorsichtig fühlt sie mit ihrer Hand am Ende des Faches und spürt eine kleine Kiste. Sie nimmt diese heraus und öffnet den Deckel. Ein Schnuller liegt in der Kiste und ein Ultraschallbild. Auf der Vorderseite steht das Klinikum Delmenhorst. Damit war die Frage mit dem Kind auch eindeutig. Sie geht mit der kleinen Kiste nach unten. Hans steht am Telefon und sieht sich die letzten Anrufe an. „Es wird immer wieder eine Handynummer angerufen. Ich habe die schon an Schulz geschickt und er soll auch gleich die anderen Anrufe prüfen. Anke hält ihm die kleine, geöffnete Kiste unter die Nase. „Damit ist es wohl bestätigt. Das Kind existiert irgendwo. Das drücken wir mal Udo in die Hand. Er kann uns sagen, ob Mädchen oder Junge." „Zeig mal her. Ich habe drei Kinder und dreimal solche Bilder mehrmals gesehen." Er nimmt das Bild und dreht es hin und her. „Was machst du da? Das ist ein Ultraschallbild und da braucht man nichts drehen", lacht Anke und nimmt Hans das Foto wieder aus der Hand. „Ja, ich weiß. Das Kind liegt mehr mit dem Rücken zur Aufnahme." „Oder du hast keine Ahnung." Hans´ Telefon klingelt. Es ist Schulz. „Die Telefonnummer, die du mir gegeben hast, ist registriert auf Jana Würmer." „Danke, Schulz. Kannst du das Telefon orten? Wir sehen uns später" und legt auf. „Die letzte Nummer ist die Nummer von Jana. Sie haben also noch am Todestag zusammen telefoniert. Vielleicht kann Schulz jetzt das Handy orten. Vielleicht finden wir dann auch die fehlende Kleidung." Beide gehen Richtung Gartentür. „Das ist aber auch alles verzwickt. Immerhin haben wir jetzt die Klinik, wo das Kind geboren wurde." Anke schlüpft als Erstes aus der Tür, geht um das Haus und sprintet los. „Hallo! Hallo, Sie da mit dem Hund!" Hans kommt irritiert hinterher und sieht, dass Anke einen Hundebesitzer aufgehalten hat. „Guten Tag, mein Name ist Anke Fleur. Mein Kollege und ich sind von der Mordkommission. Gehen Sie hier täglich mit Ihrem Hund spazieren?" Der ältere Mann mit seinem Schäferhund an der Leine nickt. „Ja, ja. Ich wohne am Ende der Stuhrreihe. Ich gehe täglich hier mit meinem Hund die Straße rauf und runter, nech Ewald" und dabei tätschelt er den Kopf des Hundes. „Können Sie uns sagen, wann Sie am Donnerstag mit Ihrem Hund spazieren gegangen sind?" „Ja natürlich. Ich gehe jeden Tag zur gleichen Zeit. Am Morgen um 7 Uhr, am Nachmittag um 15 Uhr. Abends reicht dann der Garten" lacht der ältere Herr. „Können Sie uns sagen, ob Sie irgendetwas Ungewöhnliches am Donnerstag hier auf dem Grundstück gesehen haben?" Anke sieht dabei den Hund an. Auch so eine Sache, wenn sie Zeit hätte oder einen Partner, würde sie sich auch einen Hund anschaffen. Geht aber nicht und somit muss auch das bis zur Rente warten. „Ja, Hertha war nicht im Garten. Das kenne ich gar nicht von ihr. Wir halten fast jeden Nachmittag ein Pläuschchen über den Gartenzaun. Ich dachte mir, dass Jana wahrscheinlich wieder mal Sorgen hat und Oma aushelfen muss." „Wie meinen Sie das?" „Ach, die Jana ist ein Wirbelwind. Liebt das Leben in Afrika und hat das Arbeiten nicht gerade erfunden, wenn Sie verstehen, was ich meine. Mit 28 Jahren noch bei der Oma zu wohnen, sagt ja schon alles." Das stimmt, denkt Anke bei sich. Warum hat Hans da noch nicht drauf reagiert? „Hat Frau Würmer mal irgendetwas Ungewöhnliches erwähnt?", fragt Hans. Der ältere Herr überlegt. „Nein, eigentlich nicht, aber man reimt sich schon etwas zusammen. Ich habe angenommen, die beiden brauchen sich gegenseitig, wo doch Alfons gestorben ist." „Worüber haben Sie so gesprochen?" „Sagen Sie mir jetzt erst einmal, warum Sie all diese Fragen stellen." Der Hund wird langsam auch nervös und tippelt an der Leine hin und her. „Frau Würmer ist verstorben und wir gehen von einem Mord aus." „Ein Mord! Hier in unserer Straße! Ich bin sprachlos." Da hatte Anke einen anderen Eindruck. „Herr…" „Wilhelm Walter. Ich wohne Hausnummer 27. Das ist ja alles schrecklich, was Sie da erzählen. Weiß die Jana das schon?" Anke überlegt noch, ob sie antworten soll, als Hans die Antwort gibt. „Jana Würmer haben wir auch tot aufgefunden." „Ach du scheiße!", brach es aus Herrn Walter umgehend heraus. „Entschuldigen Sie, aber das gibt es doch nicht!" „Deswegen ist es so wichtig, dass Sie sich an alles erinnern, was am Donnerstag hier anders gewesen ist, als sonst die Tage." Anke drückt ihm ihre Visitenkarte in die Hand. „Herr Walter, wir werden uns die Tage mit Ihnen vielleicht noch einmal in Verbindung setzen. Vielleicht fällt Ihnen noch irgendetwas dazu ein." Damit gehen Anke und Hans weiter zu den Schröders.

Die Haustür wurde diesmal nicht gleich aufgerissen. Hans drückt auf die Klingel. Nichts passiert. Anke bleibt an der Haustür stehen und Hans geht links um das Haus. Er sieht Frau Schröder im Garten, wie sie das Unkraut von ihrem Kartoffelacker jätet. „Hallo Frau Schröder, bitte nicht erschrecken!" Vorsichtig erhebt sich die alte Frau, indem sie die Hände in den Rücken drückt. „Ach, der Herr von der Polizei. Die Arbeit hier unten am Boden ist für meinen Rücken nicht mehr gut. Ich kann mich aber nicht davon trennen. Was soll ich sonst den ganzen Tag machen? Und außerdem schmeckt das eigene Gemüse immer noch am besten." Langsam kommt sie vom Acker. „Ist ihr Mann auch Zuhause?", kommt die Stimme von Anke. „Nein, er ist im Schützenverein. Sie bauen einen neuen Tresen für das nächste Schützenfest in drei Wochen." Dabei setzt sie sich auf den Stuhl auf der Terrasse. „Frau Schröder, wir haben da noch ein paar Fragen", beginnt Hans das Gespräch. Anke sieht sich um und merkt, dass man hier wunderbar in den Nachbargarten sehen kann. Sie sieht sogar das Rapsfeld dahinter. „Leider haben wir nun auch noch die Nachricht erhalten, dass Jana tot aufgefunden wurde." Die roten Bäckchen von der Gartenarbeit legen sich und Frau Schröders Gesicht wird aschfahl. Hans sieht eine Flasche Wasser auf dem Tisch stehen und schenkt ihr das Glas davor ein. „Trinken Sie bitte einen Schluck." Das ist schon mehr ein Befehl als eine Bitte. „Das kann doch nicht wahr sein!" Frau Schröder findet langsam wieder zu sich. „Doch, leider ist es so. Jana ist im Hotel Bremer ermordet aufgefunden worden. Die Morde müssen zur selben Zeit stattgefunden haben. Deswegen möchten wir Sie bitten, noch einmal über den Donnerstag nachzudenken. Jedes kleinste Detail ist wichtig. Ist Ihnen nicht aufgefallen, dass abends kein Licht nebenan an gewesen ist?", Frau Schröder denkt nach. „Doch, doch. Wir haben noch darüber gesprochen, als ich die Vorhänge zugezogen habe. Ich meinte noch zu meinem Mann, die Hertha ist bestimmt mit Jana aus. Wobei mein Mann noch meinte, das machen sie doch nie abends. Dann haben wir die Tagesschau angeschaut und den Spielfilm danach. Das haben wir dann völlig vergessen." Anke legt auch ihr ihre Visitenkarte hin. „Bitte Frau Schröder denken Sie noch einmal nach und melden Sie sich bei mir." Hans bedankt sich. „Danke, Frau Schröder. Wir finden schon alleine wieder zurück und passen Sie auf Ihren Rücken auf." Damit gehen beide zurück zum Auto. „Wieso hat keiner etwas gesehen! Hier spaziert ein Mörder rein und keiner sieht es, obwohl alle draußen sind. Unglaublich!" Anke ist wieder in ihrem Element. Hans arbeitet jetzt schon Jahre mit ihr zusammen und kennt diese Art. Als Anke damals nach Bremen kam, hatten beide einige Probleme zusammen als Team zu arbeiten. Er als waschechter Bremer verstand ihre aufbrausende Art überhaupt nicht. Anke ist aus Köln, der Liebe wegen hergezogen. Sie hatte mit seiner wortkargen Art anfangs Probleme und das Moin mag sie bis heute nicht. Deswegen erstaunt es ihn auch immer wieder, dass sie mit dem Chef so gut klarkommt. Mittlerweile haben sich beide aber aufeinander eingelassen. Anke übernimmt oft mal seinen Schichtanfang, damit er mit seinen Kindern frühstücken oder auch bei einer Schulveranstaltung dabei sein kann. Das Ergebnis: Sie ist alleine. Einen Partner zu finden, in diesem Beruf, ist so gut wie unmöglich. Er ist froh, dass seine Frau aus einer Polizistenfamilie kommt. Sie kennt das von klein auf an und hält ihm jederzeit den Rücken frei.

Sie fahren zurück ins Büro, wo Schulz und Gunnar Schleif die Telefonliste vom Hotel gerade abarbeiten. „Also was gibt es Neues?", fragt der Jüngling geradeaus. „Nichts", antwortet Anke und geht zur Kaffeemaschine. „Die Hoteltelefonate sind nicht sehr aufschlussreich. Die typischen Buchungsanfragen von den Hotelgästen. Es ist keine Telefonnummer von Jana dazwischen. Ich habe die Anrufe von Kayser und Meier gefunden. Herr Meier hat sich mit seiner Frau ziemlich kurzfristig eingebucht. Die Telefonnummer von Herrn Kayser taucht in regelmäßigen Abständen auf. Er nimmt sich immer das Zimmer in der unteren Etage. Wir haben das mit dem Buchungsprogramm abgeglichen." „Hatte seine Frau sich nicht über seine Affären aufgeregt?", meint Hans. „Stimmt! Sie war ganz schön in Rage deswegen. Als Vertreter kann er sich ja jederzeit überall einbuchen." Anke schenkt sich Milch in den Kaffee. „Er ist Weinberater, oder? Vielleicht für südafrikanische Weine?" Damit setzt Anke ein Fragezeichen hinter den Namen von Herrn Kayser. „Ja, das ist ein Hinweis. Ansonsten hängen wir aber in einer Sackgasse", meint Hans in die Runde. „Keine Zeugen, keine Tatgegenstände." „Ähm, ich hätte da eine Idee", kommt es von Gunnar Schleif. „Aha und die wäre", die nette, sympathische Stimme von Anke. „Wir hatten im Studium auch einen Fall, wo es keine Hinweise auf das Gewaltverbrechen gab. Wir kamen ganz schön ins Schwitzen, bis sich anhand einer Kleinigkeit der Täter fand." Alle sahen Gunnar Schleif an. „Und?", fragt Hans. „Wir hatten die Mülltonne übersehen. Der Täter warf dort sein Messer hinein. Die stand schon an der Straße und er hatte angenommen, dass die Müllabfuhr eher vor Ort war als die Polizei." „Der Nachbar hatte Jana noch gesehen, wie sie den Mülleimer herausgestellt hat. Die Tonne steht wieder im Garten, also muss Frau Würmer die selbige wieder hereingeholt haben. Somit fällt das schon mal weg und außerdem hat die Spusi sich die Tonne vorgenommen", meint Hans ruhig. Anke drehte sich um und geht mit ihrem dampfenden Kaffee zu ihrem Schreibtisch. „Wir sollten noch einmal mit der Familie Kayser sprechen, bevor sie wieder weg sind. Schulz, frage mal nach, wo sie sich gerade aufhalten. Gunnar Schleif hat ja alle Daten aufgenommen." Anke nickt Hans zu. „Das kann ich auch selber machen", meldet sich Gunnar Schleif und nimmt den Telefonhörer in die Hand.

Max sitzt in seinem Zimmer. Der Alkohol zeigt seine Wirkung und aus dem Nichts heraus fängt er an zu weinen. So viele Jahre! In dieser Zeit hat er vergessen, an seine eigene Zukunft zu denken. Er steht am kleinen Fenster in seiner Wohnung und schaut raus. Die Straße hat ihn nie gestört, aber heute ist der Verkehr mehr geworden und die Lautstärke dringt durch sein Fenster. So kann es nicht weitergehen. Er dreht sich um und geht leicht wankend zur Haustür. Heute würde er sein Leben beenden. Heute wird SEIN letzter Tag sein.

„Also Herr Kayser ist auf dem Messegelände. Er hat heute einer Vorstellung von neuen Weingütern beigewohnt. Er trifft sich um 17 Uhr mit seiner Frau, um wieder nach Hause zu fahren" klärt Gunnar Schleif auf. „Okay, dann mal los. Wo trifft er seine Frau?", fragt Anke ihn und nimmt dabei schon den Schlüssel ihres Firmenfahrzeugs. „Er sagt, dass sie ihn am Messegelände abholt. Er hat ja schon Wein probieren müssen und kann nicht mehr Auto fahren." Gunnar Schleif steht mit auf und folgt Hans und Anke. „Wir werden zu spät kommen, wenn der Feierabendverkehr uns weiter behindert!" Anke steht im größten Verkehrsknotenpunkt Am Stern im Stau. „Du weißt doch, dass du den Stern abends meiden musst. Ich setze das Blaulicht auf das Dach." Hans greift schon in die Konsole. „Für einen Treffpunkt das Blaulicht zu nutzen ist verboten", kommt die piepsige Stimme von Gunnar Schleif von der Rücksitzbank. „Ach herrje! Das ist mir doch egal. Wenn die Kaysers weg sind, müssen wir nach Düsseldorf und meine Familie wird es mir danken." Das ist selten, dass Hans laut wird. Er öffnet sein Fenster und setzt das Blaulicht mit dem Magneten auf das Autodach. Die Autos vor ihnen machen Platz und sie fahren über den Stern, um von hinten an die Messehalle heranzukommen. Kein Mensch war zu sehen. Sind sie schon weg? Anke steigt aus und geht auf die Ausgangstür zu. Dort steht ein Security-Mitarbeiter. Sie zeigt ihren Dienstausweis und er öffnet die Tür von innen. „Ist die Veranstaltung schon zu Ende?" Der Mitarbeiter nickt. „Gerade eben. Die Teilnehmer kommen jetzt heraus." Anke geht wieder zurück und stellt sich an das Auto. „Also Hans, er muss gleich rauskommen. Seine Frau benötigt wahrscheinlich noch mehr Zeit. Immerhin hat sie eine Boutique in Düsseldorf. Da muss die Kleidung schon passen." Sie sieht an sich herunter. Jeans, Turnschuhe und einfach nur ein Sweatshirt. Alles andere ist für sie unpassend. Während Hans als Familienvater immer Hemd und Schlips mit Jeans trägt. Sie fragt sich wirklich, ob seine Frau noch die Zeit hat, seine Hemden zu bügeln. „Da! Da ist Herr Kayser", ruft Gunnar Schleif. „Ja, geht es noch lauter?" Anke wirft ihm einen bösen Blick zu. Währenddessen geht Hans auf Herrn Kayser zu. „Hallo Herr Kayser. Erinnern Sie sich? Heute Morgen im Hotel?" „Ja natürlich. Wie könnte ich das vergessen!" Hans merkt, dass Herr Kayser wohl einige Weine nicht nur probiert hat. „Kommen Sie eben mit zum Auto? Meine Kollegin und ich haben noch ein paar Fragen, bevor Sie wieder nach Düsseldorf fahren." Beide laufen auf das Auto zu. Da sehen sie ein silbernes BMW-Cabrio direkt auf sie zukommen. „Meine Frau", meint Herr Kayser kurz und knapp. „Das passt ja gut." Hans winkt Frau Kayser zu sich. Sie hält an und steigt aus. „Was gibt es noch?" Hans fällt auf, dass sie ziemlich nervös ist. „Geht es Ihnen gut, Frau Kayser?", fragt er sie. „Ja, Ja. Ich habe anscheinend zu viel Kaffee getrunken. Ich musste einiges für meine Boutique kaufen und überall gab es Kaffee und Kaffee." Wahrscheinlich auch ein Sektchen, denkt Hans sich. „Herr Kayser, waren Sie schon mal in Südafrika?", fragt Anke ihn. „Ja natürlich! Immerhin vertrete ich diese Weine hier in Deutschland. Warum fragen Sie?" „Unsere Tote im Hotel war auch des Öfteren in Kapstadt..." Bevor Anke weitersprechen kann, flippt Frau Kayser sofort aus. „Das kann doch nicht wahr sein! Du holst dein Flittchen in das Hotel, wenn ich da bin und bringst sie dann um. Brauchtest du ein Alibi?" Das war keine wirkliche Frage. Herr Kayser wird rot und beginnt zu stottern. „Nein Schatz... Bitte...Ich kenne diese Frau nicht!" Mit verschränkten Armen steht seine Frau vor ihm. Anke sieht sich dieses Schauspiel an und ist in diesem Moment überzeugt, dass hier keiner ein Täter ist. „Gut, könnten wir hier alle ruhig bleiben?", versucht Hans zu beschwichtigen. „Wir suchen einen Tatverdächtigen oder einen Zeugen. Den Rest können Sie dann gerne im Auto diskutieren. Ansonsten nehmen wir Sie mit auf das Revier und Sie kommen heute nicht mehr nach Hause" Hans stellt sich zwischen die beiden. „Also Herr Kayser, Sie waren schon mehrmals in Südafrika. Wo genau?" Herr Kayser fängt sich wieder. „Ich bin bisher immer in

Stellenbosch gewesen. An der Weinroute gibt es viele erstklassige Weingüter. Ach, das liegt in der Nähe von Kapstadt." Hans hält ihm das Foto von Jana unter die Nase. „Dieser jungen Frau sind Sie noch nie begegnet?" Auch Frau Kayser zeigt er das Foto. „Nein, wirklich nicht!" Das klang eher wie eine Rechtfertigung zu seiner Frau. Frau Kayser schüttelt nur den Kopf. Ihr Blick ist düster auf ihren Mann gerichtet. „Ich muss regelmäßig unsere Kunden besuchen. Das ist so ein bis zweimal im Jahr. Immerhin arbeite ich in der Branche und da gehört das dazu." Hans glaubt ihm. Er hat wirklich mehr Probleme mit seiner Frau als mit der Polizei. „Gut, dann gebe ich Ihnen jetzt noch meine Visitenkarte, und wenn Ihnen irgendetwas dazu einfällt, melden Sie sich bitte. Ich möchte nicht erst nach Düsseldorf fahren." Damit dreht Hans sich um. Anke hebt nur kurz die Hand und steigt in ihr Firmenfahrzeug ein. „Junge, Junge. Was hat der Typ angestellt, dass seine Frau so abgeht, wenn es um andere Frauen geht." Anke muss sich ein Lächeln verkneifen. „Na, ich möchte nicht in seiner Haut stecken." Gunnar Schleif hat alles wieder fein säuberlich eingetippt. Das mag Anke, endlich muss sie mal nicht immer mit Block und Bleistift rumrennen. „Ich denke, wir machen jetzt Feierabend. Ich muss zu meiner Tochter in die Schule. Da findet ein Konzert statt." „Okay, soll ich dich zu Hause absetzen oder erst ins Büro?", fragt Anke. „Fahr zum Büro. Dort steht mein Auto. Ich muss morgen früh ja relativ früh wieder hier sein. Wann wollen wir ein Meeting ansetzen?" „Na ja, ich bin ab 4 Uhr morgens da", lacht Anke. „Also um 8 Uhr. Dann kann ich meine Kinder zur Schule fahren und du bist bis dahin auch wach", grinst Hans. „Gunnar Schleif informiert die Kollegen." Das war ein Befehl und keine Frage. Anke war es egal, wann das Meeting stattfindet. Sie ist ja sowieso die meiste Zeit im Büro.

Anke lässt ihren Firmenwagen stehen und fährt mit der Straßenbahn nach Hause. Sie wohnt im einem beliebten Quartier Viertel, einen Katzensprung von der Bremer Innenstadt entfernt. Im Viertel gibt es kaum Parkplätze und mit der Straßenbahn benötigt Sie vom Büro aus auch nur 20 Minuten. Wenn sie Frühdienst hat, dann fährt sie bei gutem Wetter mit dem Fahrrad. Heute Morgen hat sie aber die Nachtlinie genommen, um ins Büro zu kommen. Sie sieht aus dem Fenster und schaut sich das Treiben draußen an. Sie liebt das Bremer Szeneviertel. Eine ökologische Multikulti Gesellschaft mit einer beindruckenden Kulturmeile. Sie steigt gerade an ihrer Haltestelle aus der Straßenbahn, als ihr Diensttelefon klingelt. Sie nimmt ab und bleibt stehen. „Was ist passiert!" Eine Leiche wurde gefunden am Weser Tower in der Überseestadt. Der Tote wurde auch gleich identifiziert. Der Name ist Max Karlstedt. Sie dreht sich um und nimmt die nächste Straßenbahn zurück ins Büro. Hans will sie erst später, wenn es notwendig ist, konsultieren. Er soll erst einmal seine Tochter begleiten. Gunnar Schleif ist noch im Büro und wertet die Telefonate aus. „Gunnar Schleif mitkommen! Wir haben einen Toten." Er springt auf und rennt Anke hinterher. Als beide am Weser Tower ankommen, blickt sie auf die Uhr. 19:56 Uhr. Sie schickt Hans eine SMS und informiert ihn darüber, wo sie sind. Sie gehen zu der abgedeckten Leiche. Als Anke die Plane wegzieht, erkennt sie die Person. Max! Max vom Hotel. Sie hatte sich nie für seinen Nachnamen interessiert. Er war einfach nur der Max für die Kunden und für die Polizei. Er ist mit dem Rücken aufgeschlagen und der Hinterkopf ist dadurch aufgeplatzt. Die Gehirnmasse ist dabei ausgetreten und eine Blutlache fließt so langsam Richtung Sinkkasten mitten auf dem Vorplatz. Das Gesicht ist aber noch eindeutig zu erkennen. Udo steht vor ihr. „Na, hast du auch kein Zuhause?", fragt er. „Genauso wenig wie du. Was ist hier passiert?" „Es sieht wie ein Selbstmord aus. Wir haben einfach nichts gefunden, was auf einen Tötungsdelikt hinweist. Außer seinem Alkoholgehalt. Er muss ziemlich betrunken gewesen sein, als er meinte, dass er fliegen kann. Ich schicke gleich eine Streife in die Wohnung. Fährst du mit Hans hin?" „Dieser arme Kerl. Hat immer für das Hotel gearbeitet und jetzt soll er sich umgebracht haben? Das glaubst du doch selbst nicht." „Doch Anke, leider sieht es so aus. Er war anscheinend alleine da oben, es gibt einige Überwachungskameras und das würde sich für einen Mörder als ein Problem rausstellen." „Dann lassen wir die Kameras erst auswerten, bevor wir das so ad Acta legen. Ich glaube da nicht dran. Man bringt sich nicht um, nur weil man seinen Job verloren hat und dann in Rente geht. Ich fahre gleich mit den Kollegen in die Wohnung. Hans ist heute Abend mit seiner Familie beschäftigt. Ich nehme einfach den Gunnar Schleif mit." Ankes Telefon klingelt. „Anke, du hast mir eine SMS geschrieben. Was ist passiert?"

Hans flüstert. „Unser Max hat anscheinend Selbstmord begangen. Es sieht so aus, aber ich kann es einfach nicht glauben! Nur weil er jetzt in Rente gehen musste?" „Muss ich kommen?" „Nee, ich habe den Besserwisser hier. Hör du dir lieber mal deine Tochter an. Den Rest besprechen wir im Büro morgen früh." „Okay, danke dafür. Ich muss wieder rein. Die Pause ist herum. Tschüss." Damit hatte Hans aufgelegt. Ach wie Anke das auch mal gerne sagen möchte. Ich kann nicht, weil meine Tochter einen Auftritt hat. So weit wird es jetzt nicht mehr kommen und ohne Partner schon gar nicht. Sie ist eine einsame Frau. Brust raus und Schultern zurück. Sentimentalität passt nicht zu meinem Beruf, denkt sie sich und geht wieder zurück zum Gebäude. Sie schaut sich um, geht um das Gebäude und danach die Treppen hoch. Die 22 Stockwerke kosten sie ziemlich viel Kraft. Außer Atem kommt Anke oben an, obwohl sie oft abends noch joggen geht. Hier kann man nicht einfach runterspringen. Das ganze Obergeschoss ist gesichert. Sie geht Etage für Etage langsam wieder herunter und liest die Firmen auf jeder Etage. Im 19. Stockwerk liest sie ein Schild Kettler Catering. Den Namen hatte sie doch schon mal gehört? Sie nimmt ihr Handy aus der Tasche und macht ein Foto. „Frau Fleur!" Anke erkennt die piepsige Stimme. Komplett außer Atem kommt Gunnar Schleif die Treppe rauf. „Um Himmels willen, was machen Sie hier! Sie sollten vielleicht mal etwas für Ihre Fitness tun!" Gunnar Schleif kann vor lauter Schnaufen nicht antworten. Sie hat dann doch etwas Mitleid und setzt sich neben ihn auf die Treppe. „Nun atmen Sie mal ruhig ein und aus und fahren mit dem Fahrstuhl wieder nach unten." Gunnar Schleif hat es das erste Mal die Stimme verschlagen. Der hochrote Kopf klingt langsam ab und das Pochen an den Schläfen normalisiert sich. „Ich wollte Ihnen doch etwas…" Ein Hustenanfall unterbricht ihn wieder. Anke klopft vorsichtig auf seinen Rücken. „Ruhig. Sie können mir gleich immer noch alles erzählen." Sie nimmt ihr Telefon und wählt die Nummer von Udo. „Hi Udo, kannst du mal einen Kollegen mit Wasser in die 19. Etage schicken? Unser Student hat zu viele Treppen auf einmal genommen." Sie grinst dabei. Keine 3 Minuten später geht die Fahrstuhltür auf und ein Polizist steht mit einer Flasche Wasser an der Treppe. „Danke Karl. Das ist echt nett. Ansonsten kommen wir alleine klar." Er nickt und fährt mit dem Fahrstuhl wieder nach unten. Gunnar Schleif bekommt seine normale Gesichtsfarbe wieder. „Frau Fleur, vielen Dank. Ich wollte Ihnen aber sagen, dass der Lieferant vom Hotel Bremer hier in der 19. Etage ein kleines Büro hat. Catering Kettler." Anke fällt es wieder ein. Das war es! Sie wusste doch, dass der Name ihr was sagt. „Das ist ja nun wirklich interessant. Wir gehen mal nicht mehr von einem Selbstmord aus." Zusammen gehen sie die Treppen wieder herunter. Stille herrscht zwischen beiden. Anke überlegt die ganze Zeit, warum Max um die Zeit noch hierhergefahren ist. Nach der Hälfte der Strecke bemerkt sie, dass Gunnar Schleif wieder langsam rot anläuft. „So junger Mann. Hier geht es in den Fahrstuhl. Ich fahre mit Ihnen, damit Sie nun mal langsam herunterkommen." „Aber…" „Nichts aber! Es reicht jetzt!" Damit drückt sie auch schon den

Knopf am Fahrstuhl und die Fahrstuhltür geht auf. „Wir müssen eben noch zusammen in die Wohnung von Max fahren und uns umsehen. Danach bringe ich Sie nach Hause und morgen früh treffen wir uns dann im Büro." „Nee, ich bin mit dem Fahrrad gekommen." „Ja und ich mit der Straßenbahn. Dann fahren Sie morgen früh halt auch mal damit. Keine weiteren Ausflüchte jetzt. Wo wohnen Sie?" Gunnar Schleif, der sonst immer was erwidert, ist still. „Ich wohne in Findorff bei meinen Eltern." „Gut, das passt. Das liegt alles auf dem Weg. Erst nach Walle und danach Richtung Findorff. Das ist von hier nicht weit und ich kann dann das Auto wieder im Büro abstellen und mit der Straßenbahn nach Hause fahren. Jetzt wird es auch bald mal Zeit für den Feierabend." Anke erschrickt sich. So viel hatte sie bisher nur mit Hans gesprochen. Nun tratscht sie schon mit dem Studenten. Wo soll das noch hinführen?

Die Polizeistreife wartet schon vor dem Haus von Max Karlstedt auf Anke. Gemeinsam betreten sie das Mehrfamilienhaus, nachdem Gunnar Schleif auf fast alle Klingeln gedrückt hat. Wie viele Menschen einfach den Summer drücken, ohne zu hinterfragen, wer an der Haustür steht, ist schon befremdlich. Einige Nachbarn stehen an ihrer Haustür und erstarren. „Polizei, guten Tag. Wo wohnt Herr Max ähm Herr Karlstedt?", fragt sie gleich den ersten Nachbarn. „2. Etage rechts." Eine kurze, knappe Antwort. „Na, Gunnar Schleif schaffen Sie das?" Sie konnte es sich nicht nehmen lassen. Er lächelt nur verkniffen. Die Nachbartür neben Max öffnet sich. „Herr Karlstedt ist nicht da", kommt es von nebenan. „Er ist eigentlich nie da. Ich hatte mich schon gewundert, als ich ihm heute Mittag in die Arme gelaufen bin." „Guten Tag Frau", Anke sieht schnell auf das Namensschild an der Tür. „Frau Actek. Mordkommission" und hält der Frau gleich den Dienstausweis unter die Nase." „Das stimmt, er ist nicht Zuhause. Wir haben Herrn Karlstedt eben tot aufgefunden." Die Nachbarsfrau reißt die Augen auf. „Oh nein, der arme Mann!" Genau in diesem Moment öffnen die Kollegen die Haustür und alle betreten nacheinander die Wohnung. Die kleine Wohnung ist ziemlich karg eingerichtet. Ein Bett in einem halben Zimmer mit einem Vorhang als Abtrennung. Eine Küchenfront mit zwei Oberschränken und einem Herd mit nur zwei Platten. Kein Backofen, keine Gemütlichkeit. Ein Zweier-Sofa mit einem runden Tisch. Darauf eine Flasche Whiskey fast vollständig geleert. Mehr Einsamkeit kann man nicht in einer Wohnung finden. „Das ist ein guter Whiskey! Mein Vater trinkt den nur am Geburtstag oder an Weihnachten. Die Flasche liegt so bei 230 Euro. Nicht schlecht!", staunt Gunnar Schleif. „Ja und auch nichts anfassen. Die Spusi kommt noch." Augenscheinlich war kein Abschiedsbrief zu sehen. Ein einziger Kugelschreiber liegt auf einer kleinen Anrichte, aber kein Papier. Es gibt keinen Laptop und auch kein Festnetztelefon. „Wehe, wenn ihr etwas angefasst habt!", kam die Stimme von den Kollegen der Spusi. „Nein, nein, ihr könnt euch umsehen. Wir verschwinden jetzt. Für heute reicht es. Tschüss Jungs, bis morgen." Anke und Gunnar Schleif gehen zum Auto. „Was für eine traurige Wohnung", sagt Gunnar

Schleif nachdenklich. „Ich wohne zwar noch bei meinen Eltern, aber so soll meine erste Wohnung nicht aussehen." Wenigstens hat der junge Mann Geschmack, denkt sich Anke.

Der Wecker reißt Anke aus ihren Träumen. Einen kurzen Moment muss sie sich fangen. Die afrikanischen Bilder hängen noch in ihrem Kopf. Afrika. Sie war in ihren Träumen dort gerade im Urlaub und machte eine Safari durch den Busch, als ein Löwe auf die Motorhaube sprang. Der Fahrer des Jeeps riss das Lenkrad herum und das Auto kippte auf die Seite. Sie spürte, wie der rote Kalahari Sand sich in ihrem Gesicht breit machte. Dann klingelte der Wecker. „Ich muss wohl endlich mal einen Urlaub im südlichen Afrika machen, wenn ich jetzt schon davon träume", murmelt sie beim Aufstehen. Sie schlüpft in ihre Werder Bremen Pantoletten, die sie noch von ihrem Kumpel geschenkt bekommen hatte, als sie damals Köln verließ. Er dachte, er ärgert sie damit, aber mittlerweile geht sie schon mal ganz gerne ins Stadion. Die Fans sind hier voller Herzblut für ihre Mannschaft und das kennt sie nicht aus dem Kölner Stadion. Ihr Vater hatte sich immer einen Sohn gewünscht und nun wurde es eine Tochter. Sie ging schon als kleines Kind mit ihm ins Stadion. Sie wuchs mit der Leidenschaft Fußball auf. Wenn ihr Vater wüsste, dass sie jetzt nicht mehr den Kölner Jungs die Daumen hielt. Sie liebte ihren Vater, aber leider ist er vor 8 Jahren an Darmkrebs verstorben. Er hatte sich immer geweigert zum Arzt zu gehen und das hatte ihn dann irgendwann eingeholt. Ihre Mutter baute danach immer mehr ab. Sie war es nicht gewohnt, alleine zu sein. Zwei Jahre später verstarb auch sie und keiner wusste woran. Anke ist nun alleine. Keine Geschwister und selbst hat sie auch keine eigenen Kinder. Eigentlich hat sie dasselbe Schicksal wie Max.

„Morgen Schulz"
„Moin Anke"
„Ihr mit eurem Moin hier! Egal ob morgens, mittags oder abends."
„Anke, trinke du erst einmal einen Kaffee und lass deine schlechte Laune nicht an mir aus. Es ist immer dasselbe Spiel, wenn du so früh hier bist. Kannst du nicht länger schlafen?"
„Ja, tschuldige ich weiß. Ich ziehe mich erst einmal zurück."
„Warte! Ich habe hier etwas für dich. Hat gestern noch der Kollege hereingebracht, der das Auto aus der Tiefgarage abgeholt hat." Damit hält Schulz ihr einen weißen Zettel hin. „Der lag auf dem Beifahrersitz." Anke nimmt den abgerissenen kleinen Zettel und dreht ihn um. „19 Uhr Hotel Bremer Suite 31" liest Anke. „Aha, damit haben wir einen kleinen Hinweis." Damit holte sie sich einen Kaffee und setzt sich an ihren Schreibtisch.

Um 8 Uhr sitzen alle zusammen im Besprechungsraum. „Erst einmal willkommen zurück aus dem Mutterschutz, Carola. Der Neue hier ist unser Student und wir haben einen kniffligen Fall vor uns liegen. Die Fakten von gestern. Das Auto aus der Tiefgarage hatte einen handschriftlichen kleinen Zettel auf dem Beifahrersitz." Damit hält Anke das Papier hoch. „Mich würde interessieren, ob es die Handschrift von Jana ist oder von jemand anderem." Die Tür geht auf und Hans kommt herein. „Sorry Leute, aber mein Sohn meinte heute mal nicht in die Schule gehen zu müssen. Das hat einiges an Diskussionen gegeben." Anke fährt weiter fort. „Was hat die Auswertung des Hotelanschlusses ergeben?" Gunnar Schleif schüttelt den Kopf. „Da hat sich nichts ergeben. Das ganz normale Alltagsgeschäft." „Leider fehlt uns jetzt der Herr Max. Was ist mit der Suite 31, die auf dem Zettel steht? Hans, wir beide fahren noch einmal in das Hotel. Schulz, melde uns bitte bei dem Besitzer an. Danach kannst du mit Gunnar Schleif nach Delmenhorst fahren und euch nach dem Kind erkundigen. Hast du das Handy orten können von Jana?" „Ja, es gibt ein Bewegungsprotokoll. Wir haben das gestern noch ausgewertet. Sie ist von Stuhr aus direkt in das Hotel gefahren und dann ist nichts mehr danach zu finden. Das Handy kann nicht mehr geortet werden. Vorher war es die ganze Zeit Zuhause bei ihr. Die Auswertungen der Tage davor braucht noch etwas Zeit." Schulz zuckt mit seinen Schultern und verlässt den Besprechungsraum. „Okay, was gibt es sonst noch?" Anke sieht in die Runde. Gunnar Schleif hebt seine Hand. „Hier muss man sich nicht wie in der Schule melden", kommentiert Anke. „Was ist mit diesem Max und dem Lieferanten?", fragt er. Alle sehen Anke an. „Ach ja, das war noch gestern Abend. Der Max hat Selbstmord begangen wie ihr aus den Unterlagen ersehen könnt, aber das geht nicht so einfach vom Weser Tower. Er muss in der 19. Etage aus dem Fenster gefallen oder gesprungen sein. Entweder hat ihn sein Lieferant aus dem Fenster geworfen oder er hat sich umgebracht. Wir brauchen die Videoauswertung aus dem Gebäude. Carola, das kannst du doch übernehmen. Du bist ja nur auf Teilzeit erst einmal hier und das sollte dann passen." Carola nickt. Sie muss sich nach einem Jahr Auszeit erst mal wieder neu orientieren. Schulz kommt wieder zurück. „Anke, ich habe den Eigentümer angerufen. Ihr trefft euch heute um 13 Uhr am Hotel. Er war ganz schön erschrocken über den Tod von Max." Schulz schiebt ihr den Zettel mit der Uhrzeit herüber. „Danke. Dann können wir beide vorher bei dem Kettler Catering vorbeifahren", und dabei sieht sie Hans an. „Ich telefoniere wegen der Überwachungskamera und wenn ihr sowieso im Weser Tower seid, könnt ihr die Aufzeichnung gleich mitbringen." Da hatte Carola Recht. „Okay, wir sind dann mal auf dem Weg." Dabei nimmt Anke sich ihre Lederjacke vom Haken und Hans geht ihr hinterher. „Ich weiß einfach nicht, ob wir diesen Weinvertreter so ignorieren sollten", sagt Hans im Auto. „Er hängt da schon ganz schön tief drin. Sein Job, seine Verhältnisse und das Leben, das seine Frau führt, sind bestimmt ganz kostspielig." „Aber ich hatte den Eindruck, er sagt die Wahrheit und versucht alles um seine Frau zu halten. Dabei hat er halt kleine Affären, aber deshalb können wir ihn ja nicht vorladen." „Stille Wasser sind tief wie du weißt. Ich glaube trotzdem, er hängt da mit drin." „Hans, bevor wir die Kollegen in Düsseldorf mit einbeziehen, sollten wir schon mehr als einen Glauben haben." „Ja, Anke. Das weiß ich auch. Sehen wir erst einmal, was der Herr Kettler uns zu sagen hat." „Was war heute Morgen mit deinem Junior los?" Anke interessiert sich nicht wirklich dafür, aber als festes Team ist es wichtig zu wissen, wie die Situation bei dem anderen ist. „Ach, hör bloß auf! Diese sozialen Medien machen die Kinder doch krank! Hat die halbe Nacht gezockt und dann kam er nicht aus den Federn. Wir haben es leider nicht mitbekommen, da wir gestern Abend auf dem Schulkonzert waren und danach sind wir gleich ins Bett gegangen. Der junge Mann wird sich die nächsten Nächte wundern. Das Internet wird nun ausgeschaltet ab Mitternacht." Hans war auf Hochtouren. „Früher war alles einfacher. Da hat man noch unter der Bettdecke gelesen", lacht Anke. „Hans, wir müssen umdenken. Wir sind die Generation, die älter ist als Google. Das erzähle mal deinen Kindern", dabei zieht sie eine Grimasse.

„Fahrstuhl oder laufen?" Anke steht schon an dem Treppenaufgang. „Du glaubst doch nicht wirklich, dass ich hier mit Hemd und Schlips bis in die 19. Etage laufe." „Nee, das glaube ich auch nicht. Wir sehen uns oben", und schon läuft Anke die Treppe hoch. Hans drückt auf den Fahrstuhlknopf. Es dauert eine Ewigkeit, bis die Tür aufgeht und er ahnt schon, dass Anke vor ihm oben sein wird. Als er wieder aussteigt, ist von Anke noch nichts zu sehen. Er liest an der Wand Kettler Catering und einige andere Unternehmen. Er begibt sich auf den Flur und läuft den Gang nach rechts, in die Richtung von wo aus

Max gesprungen sein soll. Er hört von hinten ein schweres Atmen. „Bist du auch endlich da", ulkt er. „Ja, ja, ja, dafür sieht man bei dir schon den Bauchansatz." „Kann ich auch. Ich bin verheiratet und habe drei Kinder, da kann ich mich zurücklehnen. Du bist ja immer noch auf der Suche." „Typisch Klischee! Wenn man verheiratet ist, darf man sich gehen lassen? Kein Wunder, das sich so viele Menschen scheiden lassen." Sie stehen vor der Glastür des Caterers. Die Tür lässt sich öffnen und beide gehen in das kleine Büro dahinter. Eine junge Frau sitzt hinter dem einzigen Schreibtisch und tippt wie wild auf ihre Tastatur. „Guten Tag, was kann ich für Sie tun?" Dabei sieht sie noch nicht einmal hoch. „Guten Tag, mein Name ist Hans Eckhard mit meiner Kollegin Anke Fleur", und dabei zeigt er ihr seinen Dienstausweis. „Oh, von der Mordkommission! Wie kann ich Ihnen helfen?" „Mit Ihrem Namen wäre schon ein guter Anfang", grinst Hans sie an. „Oh ja selbstverständlich! Ich bin Maike Löser", dabei wird die junge Dame rot. „Gut Frau Löser. Kennen Sie einen Max Karlstedt?" Anke sieht sich die Fenster dabei an. „Natürlich kenne ich Max! Er ist vom Hotel Bremer und einer unserer wichtigsten Kunden… ähm gewesen." Hans und Heike werden hellhörig. „Wieso gewesen?", fragt Anke sofort. „Das Hotel ist nun leider geschlossen und wir haben dadurch einen wichtigen Kunden verloren. Das muss erst einmal wieder aufgefangen werden." Hans atmet durch. „Welche Position bekleiden Sie hier?" Anke geht bei dieser Frage ein paar Schritte auf das Fenster hinter der jungen Frau zu. Etwas irritiert sieht sie Anke an.

„Ich mache hier die Auftragsabwicklung. Bestelle neue Ware und übernehme den Telefondienst." „Wohin geht die Ware? Haben Sie ein Lager?" Die junge Frau wird immer nervöser. „Nein, wir haben kein Lager. Ich bestelle vom Großhandel und die liefern direkt an den Kunden." „Ach das erklärt auch das kleine Büro hier." Anke sieht aus dem Fenster, kann aber nicht bis nach ganz unten sehen. „Warum fragen Sie das alles? Muss ich Herrn Kettler anrufen?" „Können Sie gerne machen, aber eine Frage noch", dabei zieht Hans den Schreibblock aus dem Jackett. Anke muss grinsen. Die Nummer macht er immer, wenn er wichtig erscheinen will. Dabei schreibt er nie in dieses Ding hinein und aus einer Frage noch werden meist drei oder vier. „Wo waren Sie gestern gegen 19 Uhr?" „Ähm gestern. Ich war mit meiner Freundin noch Sushi Essen hier in der Überseestadt." „Wann machen Sie normalerweise Feierabend?" Hans soll ihr noch einmal vorwerfen, dass sie gemein ist. Er hat sichtlich Spaß an der Situation. „Ich gehe meist gegen 17 Uhr. Gestern war ich aber bis 18 Uhr hier, weil ich noch eine Bestellung fertig machen musste." „Haben Sie Max noch gesehen?" „Ich! Nee, warum? Ich habe nur mit ihm telefoniert, aber persönlich habe ich ihn nie gesehen." „Was hat Max zwei Tage vor der Schließung des Hotels noch bei Ihnen bestellt?" „Oh, da muss ich kurz nachsehen. Das muss dann am Dienstag gewesen sein, oder?" Hans nickt. Frau Löser tippt sich durch das System. „Ich sehe hier keine Bestellung. Wie kommen Sie darauf, dass er eine aufgegeben hat?" „Wir haben seinen Handyverlauf nachverfolgt." Sie sieht Hans entgeistert an. „War Ihr Chef gestern hier?" „Ja, am Morgen. Er ist dann gegen 11 Uhr weggefahren und ich habe ihn dann nicht mehr gesehen. Wieso fragen Sie das alles?" „Herr Max Karlstedt hat sich gestern Abend gegen 19 Uhr hier vom Gebäude gestürzt und ist dabei ums Leben gekommen." „Oh Gott! Wie schrecklich! Warum hat er das gemacht?" „Ich dachte, das können Sie uns sagen." Ruhe herrscht in diesem kleinen Büro und Frau Löser ist sichtlich erschüttert. „Nein, das kann ich Ihnen nicht sagen. Ich möchte jetzt auch meinen Chef anrufen." Dabei greift sie direkt zum Hörer. „Er soll gleich hier ins Büro kommen oder auf das Revier für eine Befragung", sagt Anke. Mit zittrigen Fingern drückt Maike Löser einen Knopf und nach zweimaligen klingeln ist Herr Kettler am Telefon. „Chef, hier ist die Polizei. Max hat sich gestern hier vom Weser Tower gestürzt! Sie möchten direkt hierherkommen oder auf das Revier." Sie nickt und legt auf. „Herr Kettler ist schon auf dem Weg ins Büro. Er meint, er ist in knapp 10 Minuten hier. Bitte setzen Sie sich doch schon einmal in sein Büro." Dabei steht sie auf und geht auf den Flur. Auf der gegenüberliegenden Seite ist eine milchige Glastür. Die schließt sie auf und bittet Anke und Hans herein. „Möchten Sie einen Kaffee?", fragt sie. Anke sieht den hochwertigen Jura Kaffeevollautomaten und nickt. Hier sind nur kleine Fenster oberhalb der Wand. Nur ungefähr 20cm hoch. Da kann keiner rausgesprungen sein. „Frau Löser, wo sind in diesem Gebäude die Notausgänge?" Hans spricht das aus, was Anke gerade denkt. „Wir haben auf jeder ungeraden Etage am Ende einen Ausstieg zur Feuerleiter. Ich hoffe nur, dass hier nie etwas passiert. Ich kann mir nicht vorstellen, von der 19. Etage die Feuerleiter runter zu klettern. Das war es! Anke und Hans springen auf. „Wo ist die Leiter?", fragt Hans suchend. „Warten Sie, ich zeige es Ihnen. Sie ist etwas versteckt, damit sich nicht jemand mal darunter st…." Sie stoppt. „Oh mein Gott! Sagen Sie mir jetzt nicht, dass Max da herunter gesprungen ist!" Alle drei laufen Richtung Notausgang. Eine Tür unter dem eigentlichen Treppenhaus führt auf eine Außentreppe. Hans öffnet die Tür und ein starker Wind weht die Tür auch gleich wieder zu. „Na, das ist ja eine tolle Erfindung. Müsste jetzt nicht irgendwo ein Alarm abgehen?", und dabei drückt er noch einmal den Hebel herunter. Diesmal hält er die Tür fest und sieht heraus. Eine Feuerleiter kommt von oben und geht anscheinend bis ganz nach unten. Mehrere Gitterstangen sind um die Leiter angebracht, aber wenn man wirklich wollte, könnte jeder sich dadurch stecken. Damit könnte Max tatsächlich Selbstmord begangen haben. „Wusste Max von dieser Treppe?", fragt Hans Maike Löcher. „Von mir nicht!" Als alle drei wieder zurückgehen, steht Herr Kettler in seiner Bürotür. „Kann mir hier einmal jemand sagen, was hier gerade stattfindet?" „Hallo Chef. Das sind Herr Eckhard und Frau Fleur von der Mordkommission. Sie untersuchen den Tod von Max." Die junge Dame ist aber wirklich fit, denkt sich Hans. Sie hat unsere Namen noch im Kopf. „Guten Tag, Herr Kettler. Können wir in uns Ihrem Büro in Ruhe unterhalten?", Hans fordert mehr, als er bittet. „Natürlich, kommen Sie herein. Kaffee?" Nachdem der Kaffeevollautomat nun aufgeheizt ist, nehmen beide einen Kaffee. „Herr

Kettler, waren Sie gestern hier im Büro?" Hans setzt fort, wo er erst aufgehört hat. „Ja, natürlich. Ich war am Morgen hier und bin dann gegen 11 Uhr weggefahren, um einen Kunden zu besuchen. Ich habe hier eine Perle sitzen. Frau Löser managt das hier alles alleine. Ich bin erschüttert, dass Max sich das Leben genommen hat." Hans sieht Anke an. Hat er gesagt, dass Max sich das Leben genommen hat? „Wie kommen Sie darauf, dass Max sich das Leben genommen hat?" „Na ja, das hat Frau Löser doch am Telefon gesagt, oder nicht?" Etwas unruhig rutscht Herr Kettler hin und her. „Wo waren Sie gestern gegen 19 Uhr?" Hans holt wieder sein Notizblock heraus. Anke trinkt genüsslich ihren Kaffee. „Gestern Abend? Ich war erst zu Hause und habe geduscht. Um 20 Uhr habe ich mich mit meinem Freund an der Schlachte getroffen. Das Wetter war wie dafür gemacht." „Können wir den Namen und die Adresse von Ihrem Freund bekommen?" „Ja, natürlich. Warten Sie, ich schreibe es Ihnen auf." Er nimmt einen kleinen Zettel aus seinem Notizzettelhalter und schreibt die Telefonnummer und Namen auf. „Herr Kettler, war Max schon einmal hier bei Ihnen?" „Ja, er hat mich zweimal aufgesucht. Einmal gab es Probleme mit einer Lieferung und beim zweiten Mal haben wir uns einfach hier zum Kaffee getroffen." „War Frau Löser nicht hier?" „Das weiß ich gar nicht. Es war jedenfalls am Vormittag. Vielleicht hatte sie Urlaub?" „Kann es sein, dass Max den Notausgang kennt?" Kettler überlegt. „Ja, bei seinem zweiten Besuch habe ich ihn zum Fahrstuhl gebracht und da stand diese Tür vom Notausgang auf. Ich habe noch gefragt, wie das sein kann und diese dann zugedrückt." „Gibt es den keinen Alarm an dem Notausgang?" „Nein, der ist auf unserer Etage schon lange kaputt." „Was wollte Max zwei Tage vor der Schließung des Hotels von Ihnen?" „Zwei Tage vor der Schließung? Sind Sie sicher?" „Ja, sind wir. Er hat ein längeres Telefonat von dem Anschluss hier geführt." „Haben Sie Frau Löser schon gefragt?" „Ja, sie hat keine Bestellung vorliegen." „Hmm, ich sehe eben in meine Notizen." Dabei nimmt er sein IPhone aus der Tasche. „Dienstag, sagten Sie?" Hans nickt. „Doch hier! Er hat von mir jedes Jahr einen Whiskey erhalten. Als gute Geschäftsbeziehung. Ja, genau. Wir haben lange diskutiert, weil er gerne noch einen zum Abschied bekommen wollte. Ich fand es schon frech, so eine Forderung zu stellen. Immerhin war er zu diesem Zeitpunkt schon kein Kunde mehr." „Und? Haben sie ihm einen gebracht?" „Nein, wir haben uns geeinigt, dass ich ihm einen zu Weihnachten liefern lasse. Er hat mir noch seine Privatadresse gegeben." „Danke für Ihre Auskunft. Wir werden uns vielleicht noch einmal bei Ihnen melden. Hier ist meine Visitenkarte, falls Ihnen auch noch etwas einfällt. Auf Wiedersehen." Anke nickt nur und beide gehen wieder in das Treppenhaus zurück. „Fährst du jetzt mit mir Fahrstuhl?", fragt Hans. „Ja, ja, mache ich", und Anke drückt den Knopf.

„Glaubst du dem Kettler?" fragt Anke, während die Tür vom Fahrstuhl sich schließt. „Ich habe keine Ahnung. Warum sollte er den Max die Feuerleiter runtergeschubst haben? Dafür gibt es jetzt auch noch kein gutes Argument. Vor allem, weil er kein Kunde mehr war. Ich hätte Max nicht zugetraut, dass er noch hinter einer Flasche Whiskey her bettelt." „Ja, ich auch nicht, aber der Typ ist schmierig und wer weiß, welche krummen Geschäfte er macht. Er hat eine Perle, die seinen Laden schmeißt und er besucht den lieben langen Tag Kunden." „Ich würde sagen, er hat alles richtig gemacht." Der Neid kommt bei Hans auf. „Wir buckeln uns jeden Tag 12 Stunden und mehr ab für ein mickriges Monatsgehalt. Wenn es ganz blöd kommt, werden wir noch dazu erschossen." Dabei rollt er seine Augen. „Der eine so und der andere so. Du hättest dich ja um die Erziehung deiner Kinder kümmern können." „Ach du Schande! Nein danke. Da ziehe ich bei meiner Frau echt den Hut. Der Haushalt und drei nervige pubertierende Teenies. Da gehe ich doch lieber das Risiko ein, erschossen zu werden. Ironie off." „Immerhin lernst du schon ihre Sprache", lacht Anke. „So, und nun fahren wir direkt zum Hotel? Oder willst du vorher noch ins Büro?" „Ich sende Carola die Telefonnummer von dem Georg Mock, dem Freund von Kettler und sie kann das abklären. Bin ich froh, dass sie in Teilzeit zurückgekommen ist. Schulz alleine kann nicht alles erledigen." Der Fahrstuhl stoppt und beide steigen aus. Da brummt auch schon Hans´ Telefon. „Wenn man vom Teufel spricht. Carola hat die Videoüberwachung ausgewertet. Sie haben ihr die Aufzeichnung per Link zugeschickt. Sie schreibt, Max ist eindeutig zu erkennen und hat mir den Auszug per WhatsApp geschickt. Lass uns das noch hier im Flur ansehen. Hier ist es nicht so hell." Dabei öffnet er die Datei und dort sieht man, wie Max das Gebäude betritt und in den Fahrstuhl steigt. Er steigt in der 22. Etage aus und torkelt zum Notausgang. „Er hat einiges an Alkohol zu sich genommen wie man deutlich sieht. Anscheinend hat er keine Ahnung, dass es nur auf den ungraden Etagen einen Zugang zur Feuerleiter gibt. Sieh mal, jetzt dreht er um und geht wieder zum Fahrstuhl zurück." „Mann oh Mann, der torkelt aber ganz schön. Kann man in diesem Zustand noch denken? Jetzt ist er in der 19. Etage wieder ausgestiegen, wahrscheinlich weil er weiß, dass dort der Notausgang ist. Tatsächlich! Er geht direkt auf die Tür zu und öffnet sie. Ach herrje, er hat sich anscheinend umgebracht. Oh nein, er kommt zurück und geht in den Gang Richtung Kettler. Das war es dann. Dort ist keine Kamera mehr. Was wollte er dort? Kommt er noch einmal zurück?" Beide starren auf den Bildschirm. Nichts ist mehr zu sehen. „Was soll das denn? Er muss doch wieder zurückkommen. Frag mal bei Carola an, ob sie die Stelle findet, wo Kettler das Gebäude verlässt." Hans schickt eine Sprachnachricht. „Lass uns in das Hotel fahren und wir sollten die Spusi mitnehmen für die Suite 31. Sie haben gestern ja nicht das ganze Hotel auf den Kopf gestellt. Das kann auch Carola machen." „Ja, da siehst du wieder, wie wir sie brauchen."

Vor dem Hotel Bremer angekommen, sehen Anke und Hans ein Reinigungsunternehmen direkt vor der Tür stehen. Die Tür zum Hotel ist weit geöffnet. Anke und Hans kommen so in die Lobby. Ein junger Mann, kaum 30, steht in der Mitte und dirigiert die Arbeiter. Er sieht die beiden Polizisten und geht auf sie zu.

„Entschuldigung! Wir haben geschlossen." Anke zieht ihren Dienstausweis. „Herr Bremer?" Der junge Mann nickt. „Wir sind von der Mordkommission und haben mit Ihnen einen Termin." „Ja stimmt! Sie haben hier die Leiche gefunden. Wat für ein Dreck da oben. Ich musste erst einmal ein Reinigungstrupp durch die Etage jagen und den Teppich rausreißen lassen. Diese Blutflecke gehen aber wirklich nicht so einfach heraus." „Sind Sie der Eigentümer von dem Hotel?" Anke findet den jungen Mann etwas zu jung dafür. „Ja, dat is mein Kasten hier. Boah, wenn ich gewusst hätte, dass mein Onkel mir das Ding vererbt, hätte ich nicht gerade eine Szenekneipe eröffnet." „Ah okay, seit wann gehört ihnen dieses Hotel?" „Mein Onkel ist vor 4 Monaten verstorben. Als das Testament verlesen wurde, sind alle in der Familie umgefallen. Hätte mich wegschmeißen können vor Lachen. Die mussten dann erst einmal eine Runde um den Pudding gehen, bevor sie mir wieder ins Gesicht sehen konnten." Den Ausdruck hatte Anke schon einmal gehört, aber es fiel ihr nicht mehr die Bedeutung ein. Hans übernimmt das Gespräch. „Das kann ich mir gut vorstellen. Die Familie musste erst einmal auf einem Spaziergang alles verarbeiten. Aber warum? Gab es denn noch andere Erben?" Genau da war es wieder. Um den Block gehen, überlegt Anke. Diese Bremer haben ihre eigene Sprache. „Ja, mein Onkel hat einen Sohn, aber das ist ein Trottel. Hat nicht die Schule geschafft und auch sonst keine Lust zu arbeiten. Egal, nun gehört mir dieser Klotz und ich habe nächste Woche ein paar Interessenten. Nur wech damit und einen Toten brauche ich echt nicht auf dem Flur." Anke schluckt.

Die jungen Leute haben aber auch eine Satzstellung. „Gleich kommen noch die Kollegen von der Spurensicherung. Wir müssten noch einmal in die Suite 31 oder haben sie dort auch schon reinigen lassen?" „Nee, nee, nur den Flur. In den Zimmern sind die Möbel ja schon abgedeckt. Machen Sie was Sie wollen, nur bitte finden Sie keine neue Leiche." Herr Bremer zwinkert und widmet sich wieder den Dienstleistern.

„Mensch Hans! Ihr könnt die letzten zwei Tage aber wirklich nerven." Die göttliche Stimme von Klaus Herber dringt in die Ohren. „Hallo Klaus. Möchtest du heute selber Hand anlegen?" Hans lächelt. „Was bleibt mir anderes übrig, wenn ihr permanent meine Leute rausschickt. Irgendwann haben auch diese Kollegen mal Überstunden und bleiben zu Hause." Klaus Herber, Chef der Spurensicherung, freundlich wie eh und je. Hans tut so, als ob er nichts gehört hat. „Wir gehen jetzt mal zusammen in die Suite 31. Dort haben wir einen Hinweis, dass sich die Tote dort aufgehalten hat." „Wir? Ihr könnt ja gerne einen Kaffee hier unten trinken, aber ich gehe alleine nach oben. Wenn ich fertig bin, dann dürft ihr." Damit stampft er ab und holt sich den Schlüssel vom Brett hinter dem Tresen. „Oha, Klaus hat aber eine Laune heute." Anke sieht ihm nach. „Er ist doch immer so. Wer so ein Team führt muss ein dickes Fell haben." Hans zuckt mit den Schultern. „Komm, wir sehen uns mal die zweite Etage an und schleichen uns dann vorsichtig zur Suite 31." Anke muss grinsen. Hans und Klaus arbeiten schon eine Ewigkeit zusammen und sind auch privat gut befreundet. Dann darf man so miteinander umgehen.

Die zweite Etage sieht aus, als wenn nie etwas hier passiert ist. Die Wände sind frisch in einem hellen Beige gestrichen und der schwere braun-beige Teppich liegt nicht mehr auf dem Fußboden. Das Parkett darunter ist frisch abgeschliffen und geölt. Da sollte einem Verkauf nichts mehr im Wege stehen. Zusammen gehen sie weiter die Treppe nach oben. Am Ende des Flurs sehen sie schon die offene Tür zur Suite 31. Klaus´ Rücken ist zu sehen. „Hat der Kaffee nicht geschmeckt, oder warum treibt ihr euch schon hier herum?" Anke bleibt bei diesem Tonfall erst einmal stehen, während Hans grinsend auf Klaus zu geht. „Wir haben genauso wenig Zeit. Also mach mal hinne." Anke wartet auf den Knall von Klaus, aber nichts passiert. Er fängt an, zu lachen. „Ist schon klar. Die Mordkommission ist ja so beschäftigt. Kommt rein, wir sind gleich fertig. Hier haben wir einige Fingerabdrücke gefunden. Mal sehen, wem sie gehören." „Klasse, danke Klaus und grüße mir deine Frau. Vielleicht hast du ein ruhiges Wochenende. Ansonsten rufe ich dich auch gerne persönlich an." Hans geht in Deckung, weil Klaus einen weißen Lappen nach ihm wirft. „Alles klar. Euch auch und hoffentlich erst bis Montag." Damit verlässt Klaus Herber mit seinem Kollegen den Raum. Anke sieht sich um. „Nehmen wir mal an, Jana hat sich hier vorher aufgehalten. Warum ist sie dann ohne Kleidung die Treppe heruntergegangen? Wo ist ihre Kleidung jetzt und wie ist sie unbemerkt hierhergekommen?" „Da sind noch zu viele Fragezeichen in deinen Sätzen.

Wir übersehen irgendetwas. Also noch einmal. Jana hat in der Tiefgarage geparkt. Damit hat ihr Mörder nicht gerechnet, sonst wäre das Auto nicht mehr hier gewesen. Dann ist sie in die dritte Etage gegangen und Max hat sie nicht dabei gesehen. Danach wurde das System lahmgelegt. Aber warum? Was hat Jana getan, dass man ihr die Kehle durchgeschnitten hat? Anke und Hans stehen in der Mitte der Suite und lassen alles auf sich wirken. „Hier kommen wir nicht weiter. Lass uns wieder ins Büro fahren", meint Anke. Hans nickt und sie verlassen das Hotel wieder.

„Carola hat schon Feierabend. Ich glaube, ich arbeite auch in Teilzeit." Schulz sitzt wieder vorne am Tresen, als Anke und Hans das Gebäude betreten. „Sie hat euch mehrere Dateien per E-Mail geschickt. Ausschnitte aus dem Überwachungsvideo vom Weser Tower. Die Angaben von dem Kettler hat sie auch überprüft. Es stimmt, dass er sich mit seinem Freund getroffen hat. Den Rest kann euch der Besserwisser erzählen. Ich habe hier gerade noch zu tun." „Danke Schulz. Dann lassen wir uns mal berieseln von Gunnar Schleif." Wie üblich rollt Anke dabei die Augen. Gunnar Schleif sitzt an seinem Laptop und vergleicht Fotos miteinander. „Was suchen Sie?", fragt Anke, als sie ins Büro kommen. „Ah Frau Fleur! Wir waren im Krankenhaus in Delmenhorst und haben das Kind gefunden!" „Das Kind gefunden? Liegt es dort noch im Bett?" Anke sieht Gunnar Schleif erstaunt an. „Nein, nein, so meine ich das nicht. Die kleine Mia ist dort geboren am 5.2.2022, also vor gut 12 Wochen. Sie ist direkt, nach der Geburt, zur Adoption freigegeben worden. In der Geburtsurkunde steht die Mutter mit Jana Würmer und der Vater unbekannt drin. Ich habe das Jugendamt befragt und das Mädchen ist in eine Familie gekommen, die aus Hannover stammt. Hier sind die Fotos von ihr." Damit dreht er sein Laptop in Richtung Anke und Hans. „Süß, die Kleine", rutscht es Hans heraus. „Hoffentlich hat sie eine bessere Zukunft als ihre leibliche Mutter." „Damit haben wir wieder keinen Vater. Es ist aber auch zum verrückt werden!" Anke setzt sich vor ihren Laptop und öffnet das E-Mail-Programm. Da sind drei Dateien mit den Videos. „Hans lass uns zusammen die Videos ansehen." Auch Gunnar Schleif stellt sich direkt hinter Anke und sieht ihr über die Schulter. „Ach, und den Namen der Mutter von Jana haben wir nun auch. Lisa Würmer wohnhaft in Bremen-Vegesack." Anke dreht sich um. „Das sagen Sie jetzt erst!" „Sie lassen mich ja nicht ausreden." Anke schüttelt den Kopf und startet das erste Video, was Carola schon per WhatsApp gesendet hat. Bei dem zweiten Video verlässt Kettler das Gebäude. Auf dem dritten Video sieht man Max, wie er zum Notausgang schwankt. Er zieht die Tür auf. Alle drei starren auf den Bildschirm. „Da!", ruft Gunnar Schleif. „Da ist ein Schatten! Irgendjemand ist hinter ihm, aber warum sieht man das nicht auf der Überwachungskamera?" Auch Anke ist irritiert. Wieso ist da nur ein Schatten zu sehen? „Zumindest ist Max alleine zur Feuerleiter gegangen. Da das Video hier endet, hat Carola anscheinend nichts mehr Ungewöhnliches finden können." Anke spult etwas zurück und lässt das Bild bei dem Schatten stehen. „Ist das ein Umriss einer Person?" Hans sieht noch einmal genauer hin. „Lass mal langsam weiterlaufen. Die Person ist nur ganz kurz da. Seht ihr, hier ist der Umriss schon weg." „Ja, aber man sieht sonst nichts! Das kann doch nicht wahr sein. Alle Spuren führen ins Nichts." Anke schiebt ihren Stuhl zurück und stößt gegen das Knie von Gunnar Schleif. „Aua! Passen Sie doch auf!" „Nicht so vorlaut, junger Mann. Halten Sie doch einfach etwas Abstand."

„Also, wir hängen fest. Ich möchte jetzt alles von den vier Gästen im Hotel Bremer wissen. Wir müssen nun noch einmal neu anfangen. Wie oft war Wilfried Kayser schon in Kapstadt. Wer ist sein Arbeitgeber? Arbeitet seine Frau alleine in ihrer Boutique und so weiter. Zweitens, was macht Herr Wolfgang Meier noch, außer seine Möbel zu verkaufen? Seine Frau Yvonne, die ja nur hübsch sein muss, was macht sie den lieben langen Tag? Ist es ihre erste Ehe? Wir suchen jetzt die Stecknadel im Heuhaufen." Hans hat sich in Rage geredet. „Ja, ich denke auch, wir starten noch einmal durch. Wir müssen doch irgendwie auch die Verbindung nach Südafrika finden und wer ist der leibliche Vater von der Kleinen?", überlegt Anke. In diesem Moment geht die Tür auf und Erwin Leibold steht wieder mal in der Tür. „Ich muss jetzt eine Pressekonferenz abhalten. Was haben wir für Fakten?" Anke springt auf. „Sieht schlecht aus. Wir finden einfach keine Spuren oder einen Zusammenhang. Wir durchleuchten jetzt noch einmal die vier Hotelgäste und hoffen auf Fingerabdrücke aus der Suite 31. Das Kind ist gefunden, aber es wurde zur Adoption freigegeben, direkt nach der Geburt." „Das ist ja nichts! Dann mal los an die Arbeit. Wo ist

Carola?" „Ihren Feierabend angetreten. Teilzeitkräfte", dabei zieht Hans mit einem Finger leicht das Unterlid herunter. Ohne Kommentar schließt sich die Tür hinter dem Chef der Abteilung. „Begeisterung sieht anders aus", murmelt Anke und dabei klingelt ihr Telefon. „Fleur Mordkommission", meldet sie sich. „Hallo!" „Ja, Hallo!" „Hier ist Wilhelm Walter aus der Stuhrreihe. Spreche ich mit der Dame von der Mordkommission?" Anke schaltet ihren Lautsprecher ein, damit alle mithören können. „Ja! Hallo Herr Walter. Wie geht es ihrem Hund?" „Oh danke, Ewald geht es gut. Mir ist da noch etwas eingefallen, gestern Abend. Ich hatte gerade die Tagesschau angeschaltet, als mir eingefallen ist, dass Hertha mir das letzte Mal erzählt hat, dass Jana eine Arbeit in Kapstadt gefunden hat. Hatte mich schon gewundert, wie sie ihre ständigen Flugreisen finanziert." „Hat Frau Würmer auch erzählt, was Jana für eine Arbeit dort ausübt?" Anke hat das Gefühl in den Hörer schreien zu müssen. „Ja, ja, das war irgendwas mit Holzfiguren. Ich habe das nicht ganz verstanden, weil ich nicht weiß, was man mit Holzfiguren macht." „Importieren!", ruft Gunnar Schleif in den Raum. Hans hält sich den Zeigefinger an die Lippen und ein leises „Psst" kommt. „Vielen Dank, Herr Walter, für Ihren Anruf. Sie haben uns sehr geholfen." „Das freut mich. Ich wünsche Ihnen ein schönes Wochenende. Auf Wiedersehen." „Ihnen auch! Tschüss", und Anke legt auf. „Das könnte das südafrikanische Geld erklären, das wir in der Küche gefunden haben." „Aber warum dann Bargeld?" „Na, weil die Tante geschmuggelt hat! Ist doch klar. Dafür eignen sich doch Holzfiguren. So etwas in der Art, hatten wir damals beim Zoll auch", meint Gunnar Schleif. Hans steht auf. „Da könnte der junge Mann recht haben. Hattest du nicht ein paar Figuren bei Jana im Zimmer gesehen Anke?" „Ja, aber das war nur eine Große und ein paar Kleine. Da kann man nichts mit Schmuggeln, außer es ist so klein, dass..." „Diamanten!" Gunnar Schleif läuft auf Hochtouren an. „Deswegen wurde Jana im Hotel ermordet. Konkurrenz oder sie hat sich einen Diamanten davon abgezweigt." „Nun mal langsam Gunnar Schleif. Deswegen liegt sie tot im Hotel? Da passt etwas nicht." Anke ist nicht überzeugt davon. „Sehe ich auch so, Anke. Es ist vielleicht ein Puzzleteil, aber die anderen Teile fehlen noch." Hans läuft wieder auf und ab. Auf dem Computer blinkt eine neue E-Mail auf. „Klaus hat etwas geschickt." Anke öffnet die E-Mail. „Fingerabdrücke von Jana in der Suite 31 auf den Türgriffen und im Badezimmer. Rote Fasern von einem Wollpullover auf dem Teppich vor dem Kleiderschrank. Am Griff des Kleiderschrankes Fingerabdrücke von Max. Damit war sie in der Suite 31 und ist dann in die zweite Etage." „Nackt?" „Hans, das steht hier leider nicht." „Also ich habe am Wochenende nichts vor", sagt Gunnar Schleif. „Jetzt haben wir eine Spur und ich bleibe hier." Hans nickt. Der junge Mann bringt sich wirklich ein. „Ich muss morgen Nachmittag zum Geburtstagskaffee zur Schwiegermutter. Sonst bin ich auch hier." „Ich habe sowieso Dienst am Wochenende", ruft Schulz vom Tresen. „Ich bin auch hier. Dann mal an die Arbeit." Anke atmet durch. Sie mag die Sonntage allein zuhause nicht und kommt gerne zur Arbeit. „Gunnar Schleif nimmt sich Familie Meier vor. Schulz Familie Kayser. Das Video von der Überwachungskamera sende ich kurz an die IT-Spezialisten weiter. Sie sollen sich das mal genauer ansehen. Kann mal einer den Kontostand von Jana abrufen?" „Wir beide fahren noch einmal los, Anke. Wir unterhalten uns mal mit der Mutter von Jana." Hans nimmt die Adresse von Lisa Würmer vom Schreibtisch.

Sie sind in den Feierabendverkehr geraten. Alles was in Richtung Norden muss, fährt über die A27. Kaum sind sie auf der Autobahn, stehen sie auch schon im Stau. „Na toll! Gibt es eine Alternative?" Anke fragt Hans, der gerade seine E-Mails liest auf dem Smartphone. „Nee, jetzt ist es zu spät. Es ist Freitag und wir haben die falsche Uhrzeit ausgewählt. Abwarten, dass wird gleich besser nach der Überseestadt." „Aha. Hier kenne ich mich nicht aus. Hast du die Adresse ins Navi eingegeben?" „Nein", und fängt an auf dem Navigationsgerät zu tippen an. „Hmm, es ist direkt in Vegesack. Das ist die Grohner Düne. Ich kenne die Gegend von einem Polizeieinsatz. Bekannt für Drogen, Kriminalität und Clan-Streits. Wir sollten uns vielleicht erst einmal nur Informieren, bevor wir uns als Kriminalpolizisten ausgeben." „Ich habe davon gelesen. Ist es wirklich so schlimm dort?" „Ja, ist es. Ich kenne jemanden der dort wohnt. Er war mal mein Informant bei einem Drogendelikt. Warte, ich rufe ihn mal an." Hans tippt und es klingelt nur einmal. Die gewählte Rufnummer ist zur Zeit nicht erreichbar. Bitte versuchen Sie es zu einem späteren Zeitpunkt wieder. „Telefon ist aus oder er liegt schon unter der Erde." „Schlechter Scherz. Informanten sind Gold wert." „Ja, das stimmt. Siehst du, es geht schon im Schritttempo weiter." Nach 1 Stunde und 15 Minuten erreichen sie die Grohner Düne. „Wow, das sind ja nur Hochhäuser hier mitten in der Stadt." „Ja, und wir gehen mal zu Fuß zur Westseite. So wie es scheint, ist dort die Nummer 7." Sie stehen vor dem Hochhaus und die Haustür ist nicht verschlossen. Klingelschilder gibt es natürlich nicht. „Ich habe kein gutes Gefühl, hier herumzufragen. Die Menschen halten hier zusammen und ich wollte gerne heute noch wieder zurück zu meiner Familie." Hans ist sichtlich nervös. „Lass uns hineingehen und uns einfach mal alles ansehen." Sie betreten den Hausflur. Es riecht nach Essen und einige

Haustüren stehen offen. Arabische Musik kommt vereinzelt aus den Wohnungen. Einzelne Wohnungen haben Namensschilder an der Tür, aber zu wenige. Sie sind mittlerweile auf der 8. Etage angekommen, als sich eine Haustür öffnet und eine junge Frau den Flur betritt. „Entschuldigen Sie", beginnt Anke gleich. „Wissen Sie, wo Lisa wohnt?" Die junge Frau mit Migrationshintergrund sieht auf Anke und Hans. „Ich bin Anke und das ist mein Mann Hans. Wir sind die Nachbarn von Lisas Eltern. Wir suchen Lisa, weil ihre Mutter verstorben ist und ihre Tochter Jana versucht Lisa zu erreichen, aber sie geht nicht an ihr Handy." „Oh das tut mir leid für Jana" ein klares Deutsch. „Jana war zweimal hier für eine kurze Zeit, aber dann blieb sie bei ihrer Oma. Also Lisa wohnt in der 5.

Etage erste Tür links. Sie müsste zu Hause sein. Sie arbeitet erst am Abend. Klopfen Sie mehrmals an der Tür. Sie schläft wohl noch." „Vielen lieben Dank. Wir werden es einfach mal versuchen." Damit drehen sich beide um und gehen die Treppe wieder nach unten. Die junge Frau folgt ihnen trotzdem. „Hier ist die Tür. Warten Sie, ich versuche es mal. Lisa! Lisa! Bist du schon wach?" Stille. „Lisa! Hier ist ein Ehepaar das in der Nachbarschaft deiner Mutter wohnt. Lisa!" Anke hat schon keine Hoffnung mehr, da hört sie das Drehen eines Schlüssels von innen. „Hallo Semke. Musst du so schreien?" „Ja, sonst hörst du mich ja nicht. Hier, es geht um deine Tochter." Hoffentlich geht die Frau jetzt endlich, denkt sich Hans. Genau in diesen Moment dreht sich Semke um und geht die Treppe herunter. „Guten Tag Frau Würmer. Wir sind von der Kriminalpolizei und wollten Ihnen..." Die Tür wird zugedrückt, aber Hans hat schon seinen Fuß dazwischen gestellt. „Bitte Frau Würmer! Lassen Sie uns kurz herein. Ihre Mutter und Ihre Tochter sind ermordet worden. Wir brauchen Ihre Hilfe!" Lisa Würmer öffnet ihre Tür. Kreideweiß ist sie geworden. „Meine Tochter und meine Mutter?" Sie rutscht an der Wand entlang auf den Fußboden. „Frau Würmer ist alles in Ordnung?" Anke springt in den Flur und hockt sich neben sie. Dabei sieht sie die Einstiche in beiden Armen. Also Drogen sind hier im Spiel. Hans schließt die Haustür hinter sich und geht in die kleine Küche. Er nimmt ein verdrecktes Glas und befüllt es mit Wasser. „Hier trinken Sie einen Schluck." „Was ist passiert? Was ist mit meiner Familie passiert?" Tränen laufen über ihr Gesicht. Sie sieht verlebt aus, stellt

Anke fest. Nicht nur die Spuren auf den Armen zeigen ihren Lebenswandel, auch in ihrem Gesicht zeigen die Falten ihre Geschichte auf. Sie wiegt bestimmt keine 50 Kilogramm und wirkt zerbrechlich mit ihrem blondierten Igelhaarschnitt. „Wir hatten gehofft, dass wir bei Ihnen Antworten finden." Anke hilft ihr hoch und bringt sie in die Küche auf den Stuhl. „Nein, ich kann Ihnen keine Antworten geben." „Warum haben Sie ihre Tochter weggegeben?" Hans setzt gezielt jetzt die Fragen an. Hier braucht er nichts schönzureden. Diese Frau ist schon am Ende angekommen. „Ich… Ich habe Jana damals bei meiner Mutter gelassen, weil ich schon nicht einmal mit mir klarkomme." Lisa fängt wieder an, zu weinen. „Ich bin hier reingestolpert. Ich wurde viel zu jung schwanger. Ich konnte mit dem Kind nicht arbeiten gehen, aber ich brauchte den Schuss. Meine Eltern waren mir keine Hilfe. Meine Mutter hat Jana kurz nach der Geburt mitgenommen und den Kontakt zu mir abgebrochen. Mein Vater sagte, ich bin eine Versagerin und nicht mehr ihre Tochter." „Jana war aber schon mal hier?" Anke erinnert sich an die Aussage der Nachbarin. „Ja, zweimal. In der Pubertät hatte sie keine Lust auf das spießige Leben ihrer Großeltern. Beim ersten Mal hat mein Vater sie wieder abgeholt und beim zweiten Mal…" Sie schweigt. „Was war beim zweiten Mal?" Anke reicht ihr ein Taschentuch. „Beim zweiten Mal hat mein damaliger Freund sie versucht sie zu vergewaltigen." „Wie lange ist das her?" Daher könnte das Kind sein. „Jana war gerade 17 geworden. Sie meinte, mit 18 kann sie ja bald selbst entscheiden, was sie will." „Was ist dann passiert?" „Jana hat ihren Opa angerufen und er hat sie abgeholt. Er hat mich geschlagen. Mein eigener Vater hat mir ins Gesicht geschlagen! Er nahm das Kind mit und ich habe alle nie wiedergesehen." Hans überlegt kurz. „Das ist der Zeitpunkt, wo ihre Eltern sich das Haus in Stuhr gekauft haben." „Ja, sie sind weggezogen und ich wusste nicht wohin." Sie fängt wieder an zu weinen. „Wer ist der Vater von Jana?" „Keine Ahnung! Zu diesem Zeitpunkt habe ich schon angeschafft", kommt es schluchzend. „Haben Sie eine Ahnung, wer so etwas Ihrer Familie antut?" Sie schüttelt nur mit dem Kopf. „Ich habe sie alle 10 Jahre nicht mehr gesehen. Ich weiß es wirklich nicht." Hans nickt Anke zu. Hier kommen sie nicht weiter. „Noch eine Sache. Jana hat Anfang des Jahres ein Kind geboren und es zur Adoption freigegeben." Lisa reißt die Augen auf und fängt heftig an zu weinen. „Ich habe als Mutter komplett versagt und auch in meinem eigenen Leben." Zitternd steht sie auf und öffnet den vergilbten Küchenschrank. Sie nimmt sich eine Flasche billigen Wodka heraus und schenkt sich das dreckige Wasserglas voll. Mit einem Zug lehrt sie das Glas. „Rauchen ist das Einzige, was ich nie gemacht habe. Vielleicht sollte ich damit jetzt anfangen", lacht sie hysterisch. Anke und Hans verabschieden sich. Hans legt noch seine Visitenkarte auf den Tisch. „Ich denke, sie wird sich den letzten Schuss setzen", sagt Hans, als sie wieder im Auto sitzen. „Wie kommst du darauf?" Anke sieht ihn entsetzt an. „Ach, das ist nur ein Gefühl. Sie hat jetzt nichts mehr, wofür es sich lohnt, zu leben." „Doch, ein Enkelkind." Dabei verzieht sie den Mundwinkel. „Ich muss nach Hause. Meine

Familie wartet. Wir treffen uns morgen im Büro" und dabei sieht Hans auf seine Armbanduhr. „Jetzt ist wohl kein Stau mehr in Richtung Bremen", antwortet sie. „Nee, aber Richtung Weyhe", lacht Hans.

Endlich zu Hause angekommen, zieht Anke die Joggingbekleidung an. Sie läuft um das Weserstadion herum bis zum Weserwehr. Die kühle sonnige Luft tut ihren Lungen gut. Sie sieht beim Weserwehr in die Weser. Sie hat das Gefühl, dass sie irgendetwas übersehen. Es pochert regelrecht an ihrer Schläfe, aber sie kommt nicht darauf. Sie läuft auf der anderen Seite der Weser wieder zurück bis zur Sielwallfähre. Dort lässt sie sich rüber setzen und benötigt nur noch einen Kilometer nach Hause. Nach ihrer Dusche schlüpft sie direkt ins Bett und sieht, dass sie noch einen Anruf von Udo bekommen hat. Sie ruft ihn zurück. „Hallo Udo, was gibt es?" „Ich wollte kurz mal hören, ob ihr etwas gefunden habt?" „Nein, wir sitzen in der Ecke und kommen nicht weiter." „Seid ihr morgen alle im Büro?" „Ja, wir haben Aufgaben verteilt und treffen uns morgen früh." „Gut, ich bin sowieso da und komme gegen 9 Uhr herüber." „Ja sehr gerne. Vielleicht kommen wir beim Brainstorming weiter. Gute Nacht." „Gute Nacht Anke." Sie kuschelt sich in ihre Decke und schläft sofort ein. Auch Hans sitzt noch abends mit seiner Frau Wenke zusammen im Wintergarten. „Was macht der neue Fall?", fragt sie ihn. „Schwierig. Wir finden einfach keinen Strohhalm, nach dem wir greifen können. Drei Tote und keine Indizien. Ich weiß es nicht. Morgen treffen wir uns im Büro. Ich komme dann zum Geburtstagskaffee deiner Mutter." Wenke lacht. „Du freust dich doch, wenn du eine Ausrede hast. Aber es wäre schon nett, wenn du dich kurz blicken lässt. Die Kinder denken sonst irgendwann, wir leben zusammen, aber sind eigentlich getrennt." Dabei verzieht sie das Gesicht. „Das kommt gar nicht in Frage, dafür liebe ich dich zu sehr", und dabei steht Hans auf und küsst seine Frau auf die Stirn. „Ich gehe jetzt ins Bett. Kommst du auch?" „Klar, zum Ankuscheln bin ich immer zu haben."

„Guten Morgen Kollegen. Ich habe heute frische Brötchen mitgebracht." Anke stellt die Tüte auf den Tisch. „Das klingt sehr verlockend. Ich sitze hier ja schon ein paar Stunden", dabei steht Schulz auf und legt die Zeitungen auf den Tisch. Dann öffnet er die Tüte und nimmt sich ein Brötchen mit Ei belegt heraus. „Die Presse schreibt über uns. Drei Todesfälle und kein Mörder oder schläft die Polizei? Lesen braucht niemand diesen Mist." Dabei beißt er von seinem Brötchen ab. „Also ich habe schon recherchiert über die Familie Kayser." „Ja, ich bin auch schon einiges weiter mit den Meiers", kommt die piepsige Stimme von Gunnar Schleif aus dem Hintergrund. „Der junge Mann ist übrigens auch schon seit 6 Uhr hier", sagt Schulz mit vollem Mund. „Wir warten auf Hans und Udo und dann gehen wir alles durch. Wir haben gestern auch nicht mehr erfahren. Alle Spuren verlaufen im Sand." Anke holt sich einen Kaffee. Die Tür geht auf und Hans und Udo kommen schwatzend herein. „Guten Morgen, die Herren." Anke sieht von ihrem Kaffee hoch. „Brötchen stehen auf dem Tisch." „Ich habe schon mit meiner Frau gefrühstückt. Ich muss heute nur kurz zum Geburtstag, ansonsten hat sie meinen Einsatz hier genehmigt", dabei grinst Hans. „Also was habt ihr jetzt alles?", schlürft Udo mit seinem Kaffee in der Hand. Anke erklärt ihm kurz den Stand und berichtet von dem Besuch bei der Mutter von Jana. „Die Frau ist fertig. Mit Hans´ Worten: Sie wird sich den letzten Schuss setzen. Nun müssen wir einen Zusammenhang finden. Schulz, was hast du über die Kaysers noch so gefunden?" „Ein Vergehen wegen zu schnellem Fahren und er hat keinen Führerschein mehr. Klar, Alkohol am Steuer. Die medizinisch-psychologische Untersuchung hat er danach nicht bestanden. Sein Arbeitgeber ist eine Vertriebs- und Handelsgesellschaft in Düsseldorf. Er ist Vertreter für südafrikanische Weine. Er verkauft auf Messen oder auch für die Gastronomie und arbeitet auf Provisionsbasis. Das letzte Mal war er vor 3 Monaten in Kapstadt. Südafrika hat genau gegensätzliche Jahreszeiten und die Weinernte war dann im letzten Jahr April. Der junge Wein wird kurz gelagert und kann dann nach fast einem Jahr verkauft werden." „Jetzt werden wir noch Weinprofis", grinst Hans. „Aber es passt zu dem Zeitpunkt, an dem Jana nach Deutschland geflogen ist, um ihr Kind zu gebären", meint Udo. „Das stimmt. Somit bleibt er als Täter weiterhin an unserem Flipchart stehen." „Ja, aber warum denn Hertha Würmer, Janas Großmutter?" Anke tippt auf den Namen. „Vielleicht hat sie ihn erpresst. Immerhin scheint seine Frau sehr eifersüchtig zu sein und vielleicht ist er auch abhängig von ihr, wenn sie seinen Chauffeur spielen muss."

Hans zieht einen Verbindungsstrich zwischen den Namen. „Ja, genau seine Frau. Sie ist die Eigentümerin einer kleinen Boutique direkt am Anfang der Königsallee in Düsseldorf. Im ersten Moment habe ich gedacht, nicht schlecht, aber sie ist hoch verschuldet. So hochwertige Ware hat sie dann anscheinend nicht, zumindest nicht passend für die Königsallee. Sie hat noch zwei Angestellte. Auch das Cabrio ist nur geleast. Vielleicht sollten die Kollegen vor Ort den beiden mal einen Hausbesuch abstatten?"

„Nee, warten wir damit noch. Wir haben noch keine festen Indizien. Aber schon einmal vielen Dank, Schulz." Anke setzt ein Fragezeichen hinter Frau Kayser. Gunnar Schleif meldet sich. „Hatten wir das nicht erst, dass Sie sich nicht melden sollen", Anke war schon wieder sehr aggressiv ihm gegenüber. „Oh, sorry, habe ich vergessen. Also ich kann zu der Familie Meier auch etwas beitragen." Alles sieht ihn an. „Herr Meier hat dieses Möbelgeschäft in Hamburg von seinem Vater geerbt. Damals war es ein gewinnbringendes Unternehmen. Er hat mit seiner ersten Ehefrau den Laden geführt. Sie sind kinderlos. Dann gingen die Verkaufszahlen herunter und die Ehe zerbrach schließlich. Seine Frau hat sich aus dem Geschäft verabschiedet und ist nach München gezogen und hat sich wieder selbstständig gemacht mit einem Bettengeschäft. Sie hat wieder geheiratet und zwei Kinder bekommen. Er ist erst mit dieser Yvonne seit vier Jahren verheiratet. Sie hat vor der Ehe in einem Fitnessstudio gearbeitet. Heute macht sie nichts. Beide halten sich gerne in der Hamburger Szene auf. Sie verkehren gerne in einer Bar am Hans-

Albers-Platz. Dort vor der Tür bekommt er jedenfalls regelmäßig seinen Strafzettel für falsches Parken. Da tanzen die Frauen noch an einer Stange." Anke nickt und macht einen Strich als Verbindung zu Jana auf dem Flipchart. „Selber wohnen sie an der Alster. Finanziell steht er wieder gut da. Hat anscheinend eine Lösung für sein schlechtgehendes Möbelhaus gefunden." Man sieht, wie stolz Gunnar Schleif ist. „Damit können wir die beiden auch nicht ganz ausschließen", sagt Udo. „Ich kann euch nichts Neues über die beiden Leichen berichten. Max Blut hatte einen Alkoholgehalt von über 3 Promille. Ich wundere mich überhaupt, dass er es auf die Feuerleiter geschafft hat. Es gibt keine Spuren von Fremdeinwirkung an seinem Körper. Für mich sieht es wie ein Selbstmord aus." „Abwarten. Wir haben auf der Videoaufzeichnung einen Schatten gesehen. Die IT wertet gerade diesen Teil aus. Vielleicht finden Sie etwas." Hoffnung klingt in Ankes Stimme. „Weiter geht es. Herr Walter, der Hundebesitzer, sagte, dass Jana eine Arbeit in Kapstadt ausgeübt hat, mit Holzfiguren. Was hat sie damit gemacht? Sind diese nach Deutschland gekommen oder wohin sonst sind sie gegangen." Ein Fragezeichen schreibt sie zu Janas Namen. „Ich habe hier das Bewegungsprotokoll der letzten drei Monate von Jana Würmer." Schulz hängt eine vergrößerte Landkarte mit einem Ausschnitt an die Wand. „Ich habe die prägnanten Punkte rot dargestellt." Er zeigt auf das Krankenhaus in Delmenhorst. „Hier habe ich noch das Datum eingefügt. Das passt zur Geburt ihrer Tochter. Dann hat sie sich viel in Bremen aufgehalten, aber es sind keine wiederkehrenden Orte und halt in Stuhr bei ihrer Oma. Einmal war sie in Hamburg. Aber welche Frau fährt nicht mal nach Hamburg zum Shoppen. Ihr Kontostand weist ein Guthaben von 4000 Euro auf. Es waren immer kleine Beträge, die direkt eingezahlt worden sind. Ich habe mir gedacht, dass sie noch eine zweite Telefonnummer hat. Wenn sie tatsächlich in Kapstadt gearbeitet hat, dann bestimmt nicht mit einer deutschen Telefonnummer." Da hatte Schulz recht, denkt Anke sich. „Wow, Herr Schulz", Gunnar Schleif springt auf. „Von Ihnen kann ich ja noch eine Menge lernen!" Schulz fühlt sich geschmeichelt und wird rot. Schnell dreht er sich ab und greift ein zweites Mal in die Tüte mit den Brötchen. „Wir übersehen irgendetwas", Anke rauft sich die Haare. „Wie gehen wir nun weiter vor?", fragt Gunnar Schleif. Alle starren an den Flipchart und keiner sagt etwas.

Die Telefone von Anke und Udo klingeln fast gleichzeitig. „Ja Fleur hier?" „Hallo Frau Fleur, wir haben hier eine Leiche in der Grohner Düne. Die Leiche ist schon identifiziert als Lisa Würmer. Die Kanüle steckt noch im Arm." „Okay danke." Auch Udo legt auf. „Ja, es ist Janas Mutter." Anke sieht Hans an. „Das hast du gestern schon geahnt!" „Ich bin lange genug im Geschäft um das zu erkennen. Sie hat nichts mehr und ihr Enkelkind, das zur Adoption freigegeben ist, hilft da auch nicht wirklich." „Ich fahre hin und sehe mir das an." Udo nimmt sich noch ein Brötchen aus der Tüte. „Bleibt ihr erst einmal hier. Ich melde mich sonst, falls ich Euch noch benötige." Damit geht er aus der Tür. „Sollten wir Interpol einschalten?", fragt Gunnar Schleif. Keiner sagt etwas.

Anke sieht Hans an. Er zuckt die Schultern. „Vielleicht sollten wir erst einmal überprüfen, wann Herr Kayser und wann Jana hin und her geflogen sind, bevor wir Interpol einschalten", obwohl Anke nicht ganz abgeneigt ist. „Mache ich sofort." Gunnar Schleif setzt sich an den Computer. Anke holt sich ihren zweiten Kaffee und starrt auf ihren Monitor, als eine E-Mail von der IT aufpoppt.

„Hey Leute, hier ist gerade eine E-Mail von der IT eingegangen, dass es sich um die Fahrstuhltür handelt, die einmal auf und zu geht. Das wurde auf dem Video durch den Lichteinfluss widerspiegelt. Somit handelt es sich bei Max dann anscheinend um einen Selbstmord." Anke schlägt sich die Hände vor die Augen. Hans kommt zu ihr an den Schreibtisch. „Anke, manchmal dauert die Lösung halt etwas länger." „Ach Hans, sollen wir jetzt noch einmal zu den Nachbarn fahren oder ins Hotel? Wir hängen in einer Sackgasse! Wir können jetzt die vier Gäste noch einmal befragen, aber führt uns das zum Täter?" „Ich werde jetzt Interpol einschalten. Wir kommen hier nicht weiter. 1. Wir benötigen die Firma für die Jana gearbeitet hat. 2. Wo hat sie gewohnt? 3. Welche Telefonnummer hat sie in Südafrika und so weiter. Gunnar Schleif, bitte machen Sie alles fertig. Ich schicke Ihnen den Kontakt." Keine Reaktion. „Stimmt etwas nicht?", fragt Hans ungläubig. „Na ja, das muss doch bestimmt in Englisch sein und so ganz fit bin ich nicht", er wird leicht rot. Hans fängt an zu lachen. „Nein, bei Interpol arbeiten Mitarbeiter, die auch Deutsch sprechen. Also an die Arbeit." Ankes Telefon klingelt wieder. „Fleur Mordkommission."

„Guten Tag, mein Name ist Hanna Wilke. Ich habe heute Morgen das mit Jana in der Zeitung gesehen. Mein Vater meint, ich soll mich mal melden." Anke stellt den Lautsprecher an. „Hallo Hanna. Das ist nett, dass Sie sich melden. In welcher Verbindung standen Sie zu Jana?" „Sie war meine beste Freundin, bevor sie nach Kapstadt gegangen ist." Hans hält den Daumen hoch. „Können wir mit Ihnen persönlich sprechen?" „Ja, wenn es sein muss. Ich bin dieses Wochenende bei meinen Eltern zu Besuch." „Wo wohnen Ihre Eltern?" „Ich bin in der Blockener Straße 97 in Stuhr. Das ist ein Einfamilienhaus." „Sind Sie jetzt zu sprechen?" „Ja, ja, Sie können kommen. Meine Eltern sind auch hier." „Gut, dann bis gleich Hanna" und Anke legt auf. „Los, Hans! Lass uns fahren. Endlich haben wir einen Kontakt." „Und was ist mit mir?" Anke und Hans drehen sich zu Gunnar Schleif um. „Haben Sie den Bericht für Interpol fertig?", fragt Anke. „Nein, aber…" „Damit beantworten Sie die Frage schon selbst." Die Tür vom Büro schließt sich. „Oh Mann, wenn wir jetzt mal endlich ein paar Antworten bekommen würden! Ich weiß sonst nicht, wie wir weiter vorgehen sollen." „Ja, Anke, dass stimmt. Warten wir es ab. Ich nehme mein Auto. Von Stuhr nach Weyhe ist es nicht mehr so weit und ich bin pünktlich beim Geburtstag." Anke nickt. „Dann treffen wir uns direkt vor Ort."

An einem Samstag war es kein Problem, aus Bremen herauszukommen. Anke fährt die B75 stadtauswärts und ist in Gedanken, als ein Irrer mit mindestens 150 km/h an ihr vorbeirauscht. Sie schreckt auf. „Ey,

Junge hier ist 80 km/h!", schreit sie ihm hinterher. Als ob er es hören konnte und das am helllichten Tag. Sie drückt ihre Freisprecheinrichtung und ruft Schulz an, gibt ihm die Fahrtrichtung und das Kennzeichen durch. „Hast halt das falsche Fahrzeug überholt", freut sie sich.

Sie parkt vor der angegebenen Adresse und wartet auf Hans. Schulz schickt ihr eine Sprachnachricht. Sie spielt sie ab. „Den Raser haben sie in Delmenhorst abgefangen. Dort stand gerade eine Streife an einer Abfahrt. Der wird erst einmal seinen Führerschein verlieren." Das freut Anke. Wofür gibt es Regeln, wenn man sich nicht daran hält? Sie sieht Hans mit seinem Auto kommen. Sein Privatfahrzeug passt nicht zu ihm. Ein kleiner Nissan Micra. Seine Frau Wenke fährt einen VW Sharan mit den Kindern. „Hast du auch diesen Idioten auf der B75 gesehen?", fragt Anke Hans, als er aussteigt. „Nein, hätte ich?" Sie erzählt ihm kurz die Story, als sie Richtung Eingang gehen. Hans drückt die Klingel. Die Tür öffnet sich und ein älterer Mann steht im Türrahmen. „Guten Tag, Herr Wilke? Ich bin Anke Fleur und das ist mein Kollege Hans Eckhard von der Mordkommission. Ihre Tochter hat uns angerufen." Er tritt aus dem Türrahmen. „Gut, dass Sie kommen konnten. Ich habe heute Morgen das mit Jana und ihrer Oma in der Zeitung gelesen. Ich bin wirklich tief erschüttert! Deshalb habe ich Hanna gebeten, sich bei Ihnen zu melden. Kommen Sie rein. Hanna ist mit ihrer Mutter in der Küche." Sie betreten das Einfamilienhaus. Wie alles im ländlichen Raum, ist auch dieses Haus groß. Sie folgen dem Vater über die alte Diele in die Küche.

Dort steht eine kräftige junge Frau mit ihrer Mutter und sie schneiden gerade einen frisch gebackenen Tortenboden in drei Teile. „Guten Tag. Hier riecht es aber gut." Hans ist wieder in seinem Element. „Das sieht gut aus. Ich glaube, ich bleibe zum Kaffee", lacht er. „Übrigens, mein Name ist Hans Eckhard und hier meine Kollegin Anke Fleur. Hanna?", dabei sieht er die junge Frau an. Sie nickt. „Sie haben eben mit meiner Kollegin telefoniert." „Ja, das stimmt", und dabei sieht sie in Richtung ihres Vaters. „Setzen wir uns hier an den Tisch? Ich kann Ihnen leider nicht die Hände geben, da noch etwas Mehl daran klebt" und dabei wischt sich die Mutter die Finger an der Schürze ab. „Möchten Sie etwas trinken?" „Nein danke," sagen beide wie abgesprochen. Eine Regel zwischen den zweien. Ein Gespräch zieht sich unnötig in die Länge, wenn man erst noch seinen Kaffee trinken muss. Anke beginnt das Gespräch. „Hanna, Sie sagten, dass Sie mit Jana befreundet waren?" „Ja, aber das ist jetzt schon über ein Jahr her." „Wie lange kannten Sie sich?" „Ungefähr seitdem sie mit ihrer Oma und ihrem Opa hierhergezogen ist. Wir waren zusammen beim Tanzen." „Also gut 10 Jahre. Wie war Jana so?" „Sie war eine verrückte Person und wir hatten immer viel Spaß zusammen. Manchmal war sie sehr introvertiert. Sie hatte zwei Gesichter, aber mich störte das nicht." Anke sieht die junge Frau an. Sie hat Tränen in den Augen. „Was ist denn mit Jana und ihrer Oma passiert?", fragt der Vater von ihr. „Das wissen wir bedauerlicherweise noch nicht und deshalb sind wir auch sehr froh, dass Sie sich gemeldet haben. Sie sagten, Sie hatten den letzten Kontakt vor einem Jahr.

Was ist passiert?" Anke hofft auf einen Hinweis. „Sie war schon zweimal in Kapstadt gewesen, als sie sich auf einmal veränderte." „Inwiefern hat sie sich verändert?" „Nach dem ersten Besuch in Kapstadt war sie total begeistert und hat nur noch davon geschwärmt. Mir ging es dann irgendwann auf die Nerven und ich habe ihr gesagt, dass sie doch dahin auswandern soll. Dann flog sie noch ein zweites Mal nach Südafrika. Ihre Oma war nicht begeistert, da Jana einfach zu weit weg war. Nach fast drei Monaten kam sie wieder und sie hatte sich verändert. Ich kann Ihnen das gar nicht erklären, aber sie war irgendwie noch verschlossener. Wir haben uns dann noch einmal getroffen. Sie sagte, sie habe einen Job dort gefunden und sie hatte sich verliebt. Sie werde jetzt mehr Zeit in Kapstadt verbringen." Anke nickt. „Und danach haben Sie sie nicht mehr gesehen?" „Nein, gar nicht mehr. Ich bin hier ausgezogen in meine eigene Wohnung in Berlin." „Wissen Sie, warum Jana keine persönlichen Sachen von ihren Eltern im Zimmer hatte?" „Sie hatte mir erzählt, dass sie alles weggeschmissen hat mit diesem Umzug nach Stuhr. Sie wollte nichts mehr mit ihrer leiblichen Mutter zu tun haben." „Hat sie gesagt, warum sie so reagierte?" „Nein. Ich hatte sie nach ihrem Vater gefragt, aber sie meinte nur, dass sie den nicht kennt." Hans zieht sein Notizblock aus seinem Jackett. „Als Janas Opa starb, kam sie sofort wieder her?" Hanna nickt. „Ja, sofort. Sie blieb dann auch bei ihrer Oma. Jana hatte mit ihrer Mutter kein Glück und liebte ihre Oma abgöttisch." „Sie blieb?", Hans hakt nach. „Ja, sie wollte bei ihrer Oma bleiben, bis sich alles wieder normalisiert hat.

Wir haben in dieser Zeit, nach dem Tod ihres Opas ein paar Mal über WhatsApp Kontakt gehabt." „Hat sie irgendwann ihren Freund erwähnt?" „Nicht wirklich. Sie meinte nur, er sei älter und komme aus Deutschland. Er arbeitet aber in Kapstadt." Anke schießt der Name Kayser in ihren Kopf. „Als was hat Jana gearbeitet?" Hans setzt weiter an. „Das weiß ich nicht." Hanna schüttelt den Kopf. „Hat Jana mal etwas von Holzfiguren erzählt?" „Sie hat mir eine kleine mitgebracht. Die steht auch hier in meinem alten Zimmer. Ich habe keinen Bezug dazu, bis jetzt. Vielleicht sollte ich sie mit nach Berlin nehmen, als letzte Erinnerung an Jana." Dabei fängt sie zu weinen an. Ihre Mutter reicht ihrer Tochter ein Taschentuch und streichelt ihr über den Rücken. Mutterliebe ist schon etwas Schönes, denkt Anke bei sich. „Kennen Sie noch mehr Freunde von Jana?" „Beim Tanzen waren wir in einem Team, aber eigentlich haben nur wir zwei uns richtig angefreundet. Ich wüsste jetzt niemanden, der im letzten Jahr noch Kontakt zu ihr hatte." „Eine letzte Frage noch Hanna. Wussten Sie, dass Jana schwanger gewesen ist?" „Was! Nein! Ich habe sie im letzten Jahr nicht mehr persönlich gesehen. Wo ist das Kind?" „Das Kind ist zur Adoption freigegeben." „Ach du Schande!", kommt es von Hannas Mutter. „Vielen Dank für Ihre Hilfe, Hanna.", Anke hat an Hans´ Blick gesehen, dass es nun genug ist. „Ich lasse Ihnen meine Karte hier, falls Ihnen noch irgendetwas einfällt, melden Sie sich bitte." Hanna nickt. Anke und Hans stehen auf und verlassen das Haus. „Da hat heute eine Familie ziemlich viel zu verdauen. Wer hat uns eigentlich

erzählt, dass Jana in Kapstadt war vor drei Monaten?",
überlegt Anke laut. „Das geht nicht, wenn sie hier war
und außerdem kann man auch nicht im 9.
Schwangerschaftsmonat fliegen." „Woher weißt du
das denn?", grinst Hans. „Nur, weil ich keine Kinder
habe, weiß man so etwas trotzdem." Dabei steckt sie
ihm die Zunge raus. „Vielleicht gibt es ein Flugticket
und sie hat es nur nicht genutzt", dabei sieht Hans auf
die Uhr. „Ich fahre jetzt nach Hause. Ich höre schon
meine Schwiegermutter, wenn ich nicht pünktlich bin
an einem Samstag." „Ich würde gerne den Herrn
Kayser den Kollegen in Düsseldorf melden. Sie sollen
ihn mal ins Verhör nehmen. Was meinst du dazu
Hans?" „Ja, so langsam rückt er wirklich in den
Mittelpunkt der Ermittlungen." „Genauso sehe ich
das auch. Oder sollen wir selber nach Düsseldorf
fahren am Montag? Dann können wir uns mal in Ruhe
bei ihm Zuhause umsehen", wirft Anke ein. „Das ist
besser. Die Kollegen stecken nicht in dem Fall. Du
kannst uns dort anmelden bei Christian. Ich kenne ihn
noch von einer Fortbildung." „Dann ist es besser,
wenn du das übernimmst." „Ja, klar. Ich schreibe ihm
nachher eine WhatsApp. So, nun muss ich los. Wenn
noch etwas ist, ruf mich einfach an." Dabei hebt er
kurz die Hand und geht zurück zum Auto. Anke sieht
ihn noch nach. Keiner der mich Zuhause erwartet,
denkt sie sich und geht zu ihrem Auto.

Im Büro herrscht heller Aufruhr. „Was ist hier denn
bitte los?" Keiner beachtet Anke. „Hallo! Ich bin da!",
schreit sie fast durch das Büro. Gunnar Schleif sieht
kurz hoch. „Oh, hallo Frau Fleur." „Kann mir mal

jemand sagen, was hier gerade stattfindet?" „Anke, komm näher und sieh dir das hier an." Schulz dreht ihr den Bildschirm zu. „Was ist das?" Anke legt ihre Stirn in Falten. „Ach du Schande! Was macht er denn da!" Es war eher eine Aussage statt einer Frage. „Ja, der Hammer, oder? Wollen wir ihn jetzt gleich verhaften lassen?" Gunnar Schleif ist voller Hochspannung. „Schulz, einen Haftbefehl anfordern! Der Staatsanwalt kann seinen Kaffee später weitertrinken und ruf die Kollegen raus. Gunnar Schleif, wir fahren direkt zu Herrn Kettler nach Hause." „Was ist mit Hans?" „Nee, den lass mal bei seiner Schwiegermutter. Ich sende ihm eine SMS und er kann selbst entscheiden, ob er hinkommen will." Beide gehen im Galopp zum Dienstfahrzeug. „Was für ein Lügner!" Anke flucht vor sich hin. "Das Blaulicht ist hinten auf der Rücksitzbank." Gunnar Schleif setzt das Blaulicht auf das Autodach, als sie losfahren. Das Telefon klingelt. „Ja Schulz!" „Der Staatsanwalt hat die Festnahme mündlich bestätigt. Das Schreiben kommt später. Ihr sollt euren Job machen wie er sich ausdrückte", kommt über die Freisprecheinrichtung. „Okay, danke." „Gunnar Schleif, nehmen Sie mein Handy und senden Sie eine SMS an Hans Eckhard." „Was soll ich schreiben?" „Wo wir hinfahren und was wir dort machen!" „Ja, aber..." „Nichts aber!" Somit fängt Gunnar Schleif an zu tippen.

Hans steigt gerade mit seiner Familie, vor dem Haus seiner Schwiegermutter aus dem Auto, als sein Handy in der Jackentasche brummt. Er kramt in seinem

Jackett. „Schatz, was sucht du denn", kommt es zuckersüß von seiner Frau. „Ähm, nichts eigentlich." „Danke. Das Büro wird mal eben 1,5 Stunden ohne dich auskommen. Danach kannst du ja wieder hinfahren." „Ja, da hast du recht." Er zieht seine Hand aus der Tasche und nimmt seine Tochter an die Hand.

Anke sieht einen schwarzen Porsche Cayman vor der Haustür Kettlers stehen. Sie lässt das Kennzeichen prüfen und erfährt, dass es auf David Kettler zugelassen ist. Dass man so viel Geld mit einem Catering verdienen kann. Unglaublich! „Nehmen Sie das Blaulicht vom Auto. Wir müssen ja hier nicht gleich auffallen, bevor die Kollegen eingetroffen sind." Anke parkt direkt vor dem Porsche. Sie sieht die Kollegen in die Straße einbiegen, dann steigen sie und Gunnar Schleif aus. Warum ist Hans jetzt nicht hier? Wir könnten schon einmal ins Haus gehen, aber mit diesem Neuling wäre das ein Risiko. Also warten beide, bis die Kollegen aus ihren Autos gestiegen sind. „Ich gehe zur Haustür herein." Dabei sieht sie auf Gunnar Schleif. „Sie bleiben hier. Das ist zu gefährlich." Er verdreht die Augen und geht zum Polizeieinsatzfahrzeug. Zwei Streifenwagen fahren die Straße weiter und biegen ab. Sie versuchen das Haus von hinten zu sichern. Der Daumen vom Kollegen aus dem Einsatzfahrzeug geht hoch und Anke zieht ihre Dienstwaffe. Sie hält sie auf Anschlag. Mit drei Kollegen geht sie auf die Haustür zu. Drei Treppenstufen und dann drückt sie die Klingel. Nichts passiert. Sie geht aus dem Weg und ein Polizist tritt die Tür ein. Mit einem Knall springt die Tür nach innen auf. Alles stürmt in das Haus. Anke rennt mit einem Kollegen die Treppen hinauf. Die erste Tür ist ein Badezimmer. Die zweite Tür ist geschlossen. Der Kollege tritt einmal kräftig und zwei Polizeiwaffen zeigen in das Zimmer. Ein Schrei kommt aus dem großen Bett, welches direkt vor ihnen steht. „Was machen Sie hier!", ruft David Kettler unter der Bettdecke hervor. „Polizei! Herr Kettler sie sind verhaftet, wegen des Mordes an Max Karlstedt. Sie haben das Recht zu schweigen, alles was Sie sagen kann und wird gegen Sie vor Gericht verwendet werden. Sie haben das Recht auf einen Anwalt, wenn Sie keinen haben, wird Ihnen einer gestellt. Steigen Sie nun aus dem Bett!" „Ach, du meine Güte!", kommt eine Stimme unter der Decke hervor. „Wer sind Sie?", fragt Anke und hält die Waffe auf die Bettdecke gerichtet. „Bitte, um Gottes willen, nehmen Sie dieses Ding weg. Das ist kein Spielzeug. Ich bin Georg Mock, der Freund von David." Da klickert es bei Anke. Die Kollegen durchsuchen das Haus. Anke geht in Ruhe durch die Räume und sieht sich alles an. Eine Nolte Küche Hochglanz weiß. In der Mitte die Gas-Kochinsel mit zwei Barhockern davor. Eine Dunstabzugshaube, die von unten, hinter dem Gasfeld elektrisch hochfährt. Beeindruckend, wie man sich so etwas als Caterer erlauben kann. Anke kommt aus dem Staunen nicht raus. Im Schlafzimmer hat sie schon den Namen Hülsta gelesen und auch im Wohnzimmer sind die Möbel nur von dieser Marke. Als sie nach Bremen gekommen ist, um mit ihrem Freund zusammenzuziehen, hatten die beiden sich in einem hochwertigen Möbelgeschäft die Möbel angesehen. Absolut undenkbar für jemanden von der Polizei und einem Medizintechniker. Sie hatte ihren damaligen Freund auf dem Kölner Karneval kennengelernt. Er war mit einer kleinen Gruppe in ihre Heimatstadt zum Feiern gefahren. Sie hatte sich freigenommen und war mit ihrer Freundin auch dort. Nach einem Jahr ist ihre Freundin bei einem Einsatz erschossen worden und Anke hatte beschlossen, zu ihrem Freund nach Bremen zu ziehen. Sie bekam schnell einen Jobangebot in der Hansestadt und jetzt, Jahre später, wusste sie, sie hatte das Richtige getan. Sie fühlte sich wohl in dieser kleinen Stadt, aber die Büttenabende vermisste sie schon sehr. „Wow, der Typ wohnt hier aber wirklich toll! Kann ich die Möbel dann haben, wenn er ins Gefängnis geht?" Anke sieht Gunnar Schleif an. „Nein, das war ein Scherz Frau Fleur. Sehen Sie mich doch nicht gleich so böse an." Ein Polizist kommt in das Wohnzimmer. „Anke, wir haben nichts Besonderes gefunden. Das Laptop nehmen wir mit. Was machen wir mit dem Freund? Der sitzt zitternd auf dem Bett im Schlafanzug." „Den lassen wir mal dort sitzen. Wir haben keine Beweise gegen ihn. Er soll aber am Montag zur Zeugenaussage auf das Revier kommen. Er hat dem Kettler ein Alibi gegeben." „Alles klar. Veranlasse ich."

Der Kuchen war gegessen und Hans geht zu seinem Jackett. Er holt das Telefon raus und liest die SMS. Ach du Schande! Jetzt hat er doch tatsächlich den Einsatz verpasst! Er geht zurück in das Wohnzimmer seiner Schwiegereltern. Neben Wenke bleibt er stehen. Er bückt sich herunter und flüstert ihr ins Ohr, dass er jetzt ins Büro muss. Sie nickt. „Papa, kannst du uns später nach Hause fahren? Hans muss ins Büro." „Ja, klar. Ein Notfall Hans?" „Ja, wir haben einen Verdächtigen festgenommen. Er wird zum Verhör gebracht." „Dann mal viel Glück. Wird endlich Zeit, dass ihr diesen Mörder festnehmt." „Danke", und dabei drückt er seiner Schwiegermutter einen Kuss auf die Wange. Wenke geht mit ihm heraus. „Schön, dass du dir die Zeit genommen hast für uns. Wir sehen uns dann später." Sie küsst ihn. Er ist stolz auf seine Frau. So wie Anke möchte er nicht leben. Er schickt Anke schnell eine Nachricht und steigt in den VW.

„Ist der Haftbefehl angekommen?" „Hallo Anke. Ja, der liegt auf deinem Schreibtisch sowie auch der Durchsuchungsbeschluss für die Wohnung. Die Kollegen haben Herrn Kettler unten in den Verhörraum 2 gesetzt." „Danke Schulz. Hans kommt auch gleich. Ich werde auf ihn warten. Der Kettler kann ruhig etwas schwitzen, da unten. Kamen noch Anrufe aus der Bevölkerung?" „Nein, das Telefon ist heute ruhig." „Gunnar Schleif? Können Sie mal nachsehen, ob etwas von Interpol gekommen ist? Wir brauchen jetzt alles für das Verhör." Gunnar Schleif schaltet den PC an. „Nein, nur eine E-Mail, die den Eingang bestätigt." „Shit! Wir brauchen mehr als das, wenn wir einen Zusammenhang mit Jana in Verbindung bringen wollen." Hans betritt das Büro. „Endlich mal Erfolg gehabt, Anke? Wie seid ihr darauf gekommen, den Kettler zu verhaften?" „Sieh dir das Video hier an. Die IT hat es sich im Detail angesehen und schau selber." „Ach herrje! Da hat aber einer etwas übersehen." „Ja, das sehe ich auch so. Wie war das Kaffeetrinken?" „Entspannt. Die Kinder waren etwas gelangweilt, aber sie wollten gleich ein Brettspiel spielen. Mein Schwiegervater fährt meine Familie wieder nach Hause." „Hast du nach Düsseldorf eine Nachricht geschickt?" „Oh, nein! Das habe ich vergessen. Wird sofort erledigt." Damit fängt er an, zu tippen. „Fertig. Gehen wir runter?" „Ja, jetzt wird es interessant."

Kettler sitzt völlig entspannt auf dem Stuhl in dem kalten, kühlen Verhörraum 2. Anke, Hans und Gunnar Schleif betreten den Raum und setzen sich wortlos auf die Stühle auf der anderen Seite des Schreibtisches. Gunnar Schleif setzt sich etwas abseits und nimmt seinen elektronischen Notizblock zur Hand. Keiner sagt etwas. Keine Reaktion von Kettler. Anke beginnt dann das Gespräch, nachdem sie das Mikrofon für die Aufzeichnung angeschaltet hat. Sie nennt das Datum und die Uhrzeit. „Herr Kettler, Sie wissen, warum Sie hier sind?" Er schüttelt den Kopf. „Könnten Sie das bitte laut sagen?"

„Nein, ich weiß es nicht."

„Also Herr Kettler, sie werden beschuldigt, Herrn Max Karlstedt die Feuerleiter runter gestoßen zu haben." Kettler verschränkt seine Arme vor der Brust und grinst.

„Was soll der Mist! Sie wissen doch, dass ich nicht da gewesen bin, als Max bei mir im Büro aufgetaucht ist."

„Genau, Sie waren um 19 Uhr nicht im Büro, sagten Sie. Um 20 Uhr haben Sie sich mit ihrem Freund getroffen. Das hat Georg Mock bestätigt."

„Na also. Was mache ich dann hier?"

„Was haben Sie bis 20 Uhr gemacht?"

„Ich sagte Ihnen bereits, dass ich geduscht habe, bevor ich meine Wohnung verlassen habe."

„Das ist richtig, das sagten Sie bereits das letzte Mal. Sie waren also nur am Vormittag im Büro und den restlichen Tag nicht mehr?"

„Nein, nach 11 Uhr nicht mehr. Ich hatte noch einige Kunden zu besuchen."

„Sie verdienen viel Geld mit Ihrem Catering Unternehmen, wenn ich mich so an Ihre Einrichtung erinnere."

„Ja, das Geschäft läuft."

„Das Geld reicht auch für einen schicken Porsche."

„Und? Warum sitze ich dann hier?"

„Kennen Sie einen Wilfried Kayser?"

„Wen? Kaiser?"

„Wilfried Kayser."

„Nein, nie gehört."

„Waren Sie schon mal in Südafrika?"

„Ich! Nein, danke. Ich fliege nicht und werde als Homosexueller garantiert nie ein Land betreten, wo man dafür in den Knast kommt."

„Welches Verhältnis hatten Sie zu Herrn Max Karlstedt?"

„Das haben Sie mich auch schon gefragt, bei Ihrem Besuch in meinem Büro."

„Ja und ich frage das noch einmal."

„Er hat bei mir Lebensmittel für das Hotel Bremer bestellt."

„Auch zwei Tage vor der Schließung?"

„Jetzt nerven Sie aber. Das hatten wir doch schon alles!"

„Und ich bin mir sicher, Sie haben uns nicht die ganze Wahrheit gesagt."

„Er wollte noch ein Abschiedsgeschenk. Diesen einen Whiskey, den er immer von uns bekommen hat. Das Zeug kostet 230 Euro und ich war nicht bereit, ihm noch eine Flasche davon zu schenken."

„Nach all den Jahren der guten Zusammenarbeit hatten Sie kein Interesse mehr daran? Oder haben Sie ihm eine Flasche versprochen und ihn in Ihr Büro bestellt?"

„Aha, warum sollte ich das tun?"

„Um Max die Feuerleiter runterzustoßen." Kettler fängt an zu lachen.

„Guter Scherz! Warum sollte ich das tun?"

„Genau das ist ja meine Frage. Welche Verbindung hatten Sie sonst zueinander?"

„Keine."

„Sie wissen schon, dass Sie kooperieren sollten. Mit einem oder vielleicht zwei Morden kommen Sie nie wieder aus dem Gefängnis heraus und Ihr Lebensstil wird sich verändern im Gefängnis."

„Wieso jetzt zwei Morde. Was wollen Sie mir eigentlich noch alles anhängen!"

Hans schaltet das Laptop an. Er spielt das Video ab. Kettlers Gesicht wird kreideweiß und er fängt an, nervös die Hände zu kneten. Anke sieht Kettler intensiv an.

„Herr Kettler, ich frage Sie noch einmal. Wissen Sie, warum sie hier sind?" Schweigen.

„Herr Kettler, haben Sie Max Karlstedt die Feuerleiter heruntergestoßen?" Schweigen. „Möchten Sie einen Anwalt hinzuziehen?"

„Ich habe ihn nicht hinuntergestoßen. Er war so betrunken und ist abgerutscht. Ich konnte ihn nicht festhalten."

„Ist die Aufnahme nach dem Vorfall von Ihnen bearbeitet worden?" Kettler lässt seinen Kopf nach unten fallen.

„Ja, ich habe einen Schlüssel zum Überwachungsraum."

„Sie haben versucht, sich daraus zu retuschieren?"

„Ja, das habe ich. Anscheinend nicht gut genug."

„Nein, Sie haben einen Schatten zurückgelassen. Wäre fast geglückt. Wir dachten erst, das ist die Fahrstuhltür, aber unsere IT hat den Fehler gefunden. Wie Sie eben selber gesehen haben gehen Sie hinter Max her. Warum sind Sie überhaupt in Richtung des Notausgangs gegangen?" „Keine Ahnung."

„Sie brauchen uns nichts mehr zu sagen. Bilder sagen mehr als Worte." Damit steht Anke auf. Hans bleibt sitzen.

„Er hat mich erpresst." Anke dreht sich um.

„Wie? Er hat Sie erpresst?"

„Max wollte Geld von mir, damit er seinen Mund hält."

„Warum?" Anke setzt sich wieder hin.

„Wir haben jahrelang Alkohol über das Hotel Bremer vermarktet, ohne Steuern zu zahlen." „Also Steuerhinterziehung. Damit kann man sich so ein Leben gönnen? Mit ein wenig Alkohol?"

„Na ja, wenig war es nicht. Ich konnte meine Ware unten in die Tiefgarage liefern lassen und nach und nach weiterverkaufen."

„Haben Sie einen Schlüssel zur Tiefgarage?"

„Natürlich, sonst wäre es nicht möglich gewesen."

„Was hat Max dafür erhalten? Reichtümer hat er ja nicht."

„Nein, er war ein Spieler und er konnte gar nicht genug Geld bekommen."

„Kennen Sie eine Jana Würmer?"

„Nein, die kenne ich wirklich nicht."

„Sind Sie sich da sicher?" Kettlers Körper geht wieder auf Spannung.

„Nein, diesen Namen habe ich noch nie gehört!" Gunnar Schleif tippt geräuschvoll auf seinem Notizblock. Anke dreht sich um. „Gibt es etwas, Herr Schleif?" „Ja, ich habe die Information, dass Herr Georg Mock selbstständiger Unternehmensberater in SAP-Anwendungen ist." Anke sieht Kettler intensiv an. „Herr Kettler, haben Sie die Videoaufzeichnung manipuliert oder Ihr Partner Georg Mock?" „Ich denke, ich nehme jetzt einen Anwalt." Herr Kettler ist eingebrochen. Sein Gesicht wird aschgrau. „Darf ich rauchen?" Hans schiebt den Aschenbecher rüber. Zitternd steckt Kettler sich eine Zigarette an. „Haben Sie einen Anwalt?" „Ja, kann ich mein Handy haben?" Hans nickt und schiebt ihm sein Smartphone über den Tisch. Danach geht er raus und ruft Schulz an. „Wir brauchen jetzt diesen Georg Mock hier. Er hat das Video bearbeitet. Kümmerst du dich um alles?" Er legt auf und kehrt zurück in den Verhörraum. „Herr Mock wird gleich hergebracht und kommt in den

Verhörraum 1. Wird interessant, welche Version er zu erzählen hat." Kettler schlägt die Hände über dem Gesicht zusammen. „Nur, weil dieser Max spielsüchtig ist! Warum musste er auch sternhagelvoll in meinem Büro auftauchen!" „Warum sind Sie zur Notausgangstür gegangen?", fragt Hans. „Damit er einen kühlen Kopf bekommt! Ich hatte ihm vorher noch einen Kaffee angeboten, aber den wollte er nicht. Sie wissen doch, dass es bei uns keine Fenster zum Öffnen gibt. Wir sind also zu dieser Tür. Es war recht windig und er hat dann gesagt, er würde mich am liebsten die Leiter runterstoßen. Ich habe gelacht, weil er noch nicht mal gerade laufen konnte. Ich habe ihn provoziert und dann stieg er auf die Leiter und drohte mir, sich herunterzustürzen. Er verlor dabei sein Gleichgewicht und fiel." „Durch die Brüstung?" „Ach, das ist doch nun wirklich keine Sicherheit. Einmal den Fuß falsch gesetzt und schon rutscht man ab." Sie hatten das Geständnis. Eine Verbindung zu Jana fehlt. Anke schaltet das Mikrofon aus. „Wir gehen kurz raus und warten auf Herrn Mock. Ich lasse Ihnen einen Kaffee bringen, wenn Sie möchten." „Ein Whiskey wäre besser." „Nein, dafür sind wir nicht zuständig." Anke, Hans und Gunnar Schleif verlassen den Raum. Sie gehen in den Nachbarraum, von wo aus sie Kettler durch den Spiegel sehen können. „Oh Mann, das ist ja ein Ding! Dass dieser Max spielsüchtig war und krumme Geschäfte mit dem Caterer gemacht hat", quiekt Gunnar Schleif. „Woher wussten Sie das mit dem Mock?" Hans sieht ihn fragend an. „Ich habe einfach mal bei Mr. Google den Namen eingegeben. Das ist heute doch so einfach." „Das haben Sie gut gemacht, oder Anke?" „Ja, ja, klasse. Wir haben nur keinen Hinweis zu den Würmers. Ich glaube auch nicht, dass er daran beteiligt ist. Er wollte seinen Alkohol verkaufen und keinen Wein aus Südafrika." „Das sehe ich auch so. Damit war der Tod von Max kein Selbstmord." „Ich konnte mir das eh nicht vorstellen."

Georg Mock sitzt zusammengekauert auf dem Stuhl im Verhörraum 1. Sein Gesicht ist blass und die Hände mit den Goldringen zittrig. Sein blond gefärbtes Haar wirkt mehr weiß als blond und in seinem pinken Hemd sieht er kleinmütig aus. Hans führt diesmal das Gespräch. Anke schaltet das Mikrofon ein, als sie sich alle hinsetzen.

„Herr Mock, mein Name ist Hans Eckhart. Frau Fleur haben Sie heute schon kennengelernt und hinter mir sitzt Herr Schleif. Das Mikrofon ist an und wir beginnen mit der Befragung." Anke hatte das Gefühl, als ob Herr Mock gleich von Stuhl fällt. „Möchten Sie ein Glas Wasser?" „Nein, danke", kommt es krächzend aus ihm heraus. Hans fährt fort.

„Herr Mock, wo waren Sie am Donnerstag, den 2. Juni?"

„Zuhause", flüstert er weiter.

„Könnten Sie bitte etwas lauter sprechen, damit wir Sie hier alle verstehen können?"

„Ja", kommt es weiterhin leise von gegenüber.

„Also, Herr Mock. Waren Sie den ganzen Abend zu Hause?"

„Nein. Ich war noch mit David an der Schlachte."

„Wann war das?"

„Wir hatten uns um 20 Uhr verabredet." Dabei dreht er die ganze Zeit an einem seiner Goldringe herum. Er ist ein schlechter Lügner, stellt Anke sofort fest. Hans steht auf und geht im Raum auf und ab. „Herr Mock, was haben Sie vor 20 Uhr gemacht?"

„Ich war Zuhause und habe gearbeitet."

„Was machen Sie beruflich?"

„Ich habe ein kleines SAP-Unternehmen." Hans sieht Gunnar Schleif an und nickt. Dieser springt sofort auf. „Sie arbeiten mit einer Software, mit dem Unternehmen ihre Geschäftsprozesse in Echtzeit weltweit austauschen können?" Gunnar Schleif ist ganz aufgeregt, weil er sich beteiligen darf.

„Ja, so in der Art."

„Das heißt auch, Sie kennen sich mit Software aus und können sich schnell in andere Systeme einarbeiten?"

„Es kommt immer darauf an, aber eigentlich ist das kein Problem." Hans nickt Gunnar Schleif zu und übernimmt wieder die Gesprächsführung.

„Gut, Herr Mock. Waren Sie an dem besagten Tag vorher schon beim Weser Tower?"

„Nein, warum sollte ich? Ich war erst um 20 Uhr mit David verabredet." Anke spürte, wie seine Beine unter dem Tisch nervös zittern.

„Hatten Sie etwas Besonderes vor bei Ihrer Verabredung?"

„Ja, wir wollten an die Schlachte gehen. Bei diesem schönen Wetter, wollten wir an der Weser sitzen und etwas essen."

„Wollte Herr Kettler Sie abholen oder trafen Sie sich direkt an der Schlachte?"

„David hat mich abgeholt und wir sind zusammen an die Schlachte gefahren."

„Hatten Sie das Gefühl, dass Herr Kettler irgendwie anders gewesen ist an diesem Abend?

„Nein, warum auch. David hat mich abgeholt und wir sind dann zusammen los."

„Sind Sie sicher, dass dieser Abend so abgelaufen ist, Herr Mock?"

Ein kurzes „Ja" kommt zittrig aus seinem Mund.

Hans wartet nicht länger und lässt die Bombe platzen.

„Herr Kettler ist des Mordes an Max überführt und er sagt, Sie haben die Videoüberwachung so manipuliert, dass er auf der Aufnahme nicht mehr zu sehen ist."

Georg Mock verliert die Kontrolle über seinen Körper und bricht wie ein Kartenhaus ein.

„Er hat WAS gesagt? Ich soll WAS gemacht haben? Spinnt der eigentlich! Ich wollte ihm nur helfen und er hat mir versprochen nichts zu verraten, auch wenn er dafür in den Knast kommt." Völlig fassungslos fängt Georg Mock an zu weinen. „Er hat es mir versprochen. Er weiß, dass ich nicht in das Gefängnis kann. Das ist mein Tod."

„Das hätten Sie aber doch vorher wissen müssen."

„Ich habe ihm vertraut und ich liebe ihn."

„Erzählen Sie uns doch mal Ihre Version. Bis jetzt kennen wir nur die von Herrn Kettler und da werden Sie sehr schwer belastet."

„David hat mich angerufen am Donnerstag. Er war sehr aufgeregt. Er hat mir gesagt, ich muss sofort zum Tower kommen, mit meinem Laptop, aber zum Hintereingang. Ich solle alles stehen und liegen lassen und nicht direkt vor dem Tower parken. Das wäre sehr wichtig."

Die waren noch im Gebäude als wir alle dort gewesen sind! Anke versucht sich zu erinnern, ob da irgendwo ein Porsche stand.

„Ich bin dann mit meinem E-Bike gefahren. Das ist unauffälliger und von der Neustadt aus schneller bin ich schneller als mit dem Auto." Georg Mocks Hemd ist mittlerweile durchgeschwitzt.

„Was ist dann passiert?"

Ich kam von hinten an den Tower und habe die Leiche nicht gesehen. Es waren einige Leute am Haupteingang und haben nach der Polizei gerufen." Sein Blick geht auf den Boden. „Ich wusste es erst nicht." Georg Mocks ganzer Körper zittert.

„Herr Mock, es ist wichtig, dass Sie uns die Wahrheit sagen. Nur wenn Sie kooperieren, haben Sie gute Aussichten nicht ins Gefängnis zu kommen. Bei Herrn Kettler sieht die Situation schon etwas anders aus."

„David stand schon am Hintereingang und hat die Tür aufgehalten. Ich bin direkt mit dem Fahrrad in das Gebäude. Wir waren dann zusammen in dem Raum mit der Überwachungsanlage. Er sagte immer wieder, du musst sofort etwas retuschieren. Sofort! Die Polizei ist gleich hier. Ich habe mich in die Anlage eingeloggt. Das war ein Kinderspiel. Wir hörten dann die Polizei im Haus. Ich habe ihn fragend angesehen und er hat seinen Finger nur auf die Lippen gehalten." Anke stellt ihm ein Glas Wasser hin und er trinkt das Glas in einem Zug aus. „Was haben Sie dann gemacht?"

„Ich habe mir das Video angesehen. Ich konnte ja nicht reden, weil um uns herum die Polizei gewesen ist."

„Was haben Sie gesehen auf dem Video?"

„David ist mit dem Max zum Notausgang gegangen. Sie hatten Streit, das hat man an der Aufregung gesehen und wie David gestikuliert hat."

„Was ist dann passiert?"

„Beide verschwanden in dem Notausgang und nur David kam wieder zurück."

„Haben Sie keine Fragen gestellt?"

„Wie denn! Die Polizei war im Haus."

„Und dann?"

„Ich habe David rausgeschnitten und das Video so wieder eingespielt."

„Haben Sie das Gebäude dann verlassen?"

„Nein, wir saßen noch eine lange Zeit schweigend auf dem Boden in diesem kleinen Raum. Irgendwann wurde es ruhiger um uns herum und wir verließen aus dem Hintereingang das Gebäude. Bis dahin wusste ich nicht, dass dieser Mann auf dem Gehweg liegt."

„Wann haben Sie das erfahren?"

„Später. Ich bin mit dem Fahrrad zurück nach Hause und David hat sein Auto genommen. Er meinte nur, er erklärt es mir später. Wir saßen dann an der Schlachte und haben zusammen gegessen, als ich David mehrmals gesagt habe, dass ich wissen will, wer dieser Mensch auf dem Video gewesen ist. Ich dachte erst, er hat eine Affäre! Er meinte, dass es ein Kunde von ihm ist, der ziemlich betrunken in sein Büro kam und ihm gedroht hat. Er wollte ihn an die frische Luft setzen und das geht in der Etage nur über diesen

Notausgang. Dabei ist er ausgerutscht und heruntergefallen. Mir ist so die Gabel aus der Hand gefallen! Er hat mir geschworen, dass niemand etwas davon mitbekommt. Es wird wie ein Selbstmord aussehen. Er hat es mir geschworen!"

„Wo stand das Auto von Herrn Kettler?"

„Er hatte es auf dem Kellogg`s-Gelände beim Tower um die Ecke geparkt. Er war schon sehr nervös, weil dieser Max bei ihm angerufen hatte und er sich mit ihm treffen wollte."

„Wussten Sie von dem Treffen?"

„Nein."

„Herr Georg Mock, sie werden zur Beihilfe zum Mord beschuldigt. Sie haben das Recht zu schweigen, alles was Sie sagen kann und wird gegen Sie vor Gericht verwendet werden. Sie haben das Recht auf einen Anwalt, wenn Sie keinen haben, wird Ihnen einer gestellt."

„Eine letzte Frage noch, Herr Mock. Kennen Sie Jana Würmer?"

„Wen?"

„Jana oder Hertha Würmer?"

„Nein, ich habe aber darüber in der Zeitung gelesen." Die ersten Schweißperlen bilden sich auf seiner Stirn. „Muss ich jetzt ins Gefängnis?"

„Wir behalten Sie erst einmal in Gewahrsam. Am Montag sehen wir dann weiter. Rufen Sie jetzt doch besser Ihren Anwalt an."

Alle drei verlassen den Verhörraum 1. „Ich war mit Gunnar Schleif in dem Gebäude während die beiden sich unten in dem kleinen Raum aufgehalten haben!

Das gibt es doch nicht. Es sah wie ein Selbstmord aus. Da untersuchst du doch nicht das ganze Gebäude." Hans will sie besänftigen. „Damit kann man ja nicht rechnen, Anke." „Danke Herr Eckhard, dass ich mich beteiligen durfte. Das war wirklich aufregend!", kommt von Gunnar Schleif. „Ich bin in einem Alter, wo ich keine Ahnung mehr von SAP oder sonst etwas habe. Dafür haben wir die jungen Leute und Sie haben es ja auch bewiesen, dass Sie es können", meint Hans dazu. „Wir können jetzt schon einmal eine Sache abschließen. Endlich ein kleines Erfolgserlebnis. Ich habe aber wieder festgestellt, dass wir unterbesetzt sind. Wir müssen dringend mit unserem Chef reden, dass er den Kollegen Heitberg ersetzt. Es ist zwar schön, dass Carola zurück ist, aber in Teilzeit. Schulz hat auch irgendwann mal frei und dann haben wir ein Problem." Anke schüttelt mit dem Kopf. „Ja, das habe ich auch gemerkt. Ich rede nächste Woche mit Erwin Leibold. Montag fahren wir erst einmal nach Düsseldorf. Christian hat mir meine Anfrage auch schon bestätigt." „Okay, das ist gut. Für heute machen wir Feierabend?" „Ja und morgen bleiben wir auch zu Hause. Wir drei treffen uns am Montagmorgen um 8 Uhr hier im Büro. Herr Schleif, bitte schicken Sie noch eine Info an Carola. Sie kann sich der Sache mit Interpol annehmen." „Alles klar, Chef", und Gunnar Schleif geht zu seinem Schreibtisch. „Ich mache noch den Papierkram fertig. Gehe du schon mal nach Hause, Hans." „Danke dafür Anke und bis Montag." Also doch ein Sonntag alleine zu Hause, denkt Anke bei sich. Dann muss ich wohl mal die Hausarbeit erledigen und setzt sich bei diesem Gedanken an ihr Laptop und schreibt den Bericht.

Am Sonntagmorgen wird Anke schon um 6 Uhr wach. Egal wie sie sich hin und her wälzt, sie kann nicht wieder einschlafen. Sie zieht sich einen Pullover über, schlüpft in ihre dicken Socken und geht in die Küche. Sie kocht sich Kaffee und betritt die Terrasse. Die kalte Morgenluft frisst sich in ihre Lungen. Sonntagmorgen ist es so herrlich ruhig hier in der Stadt. Alle scheinen noch zu schlafen. Sie sieht auf ihr Smartphone – nichts. Sie schlurft zurück in die Küche. Sie starrt auf ihr Telefon und öffnet WhatsApp um Udo nach Neuigkeiten zu fragen. Sie erwähnt kurz die Festnahme gestern und sendet die Nachricht ab. Keine 10 Sekunden später brummt ihr Telefon. Sie öffnet die Antwort von Udo. Setz dich in die Straßenbahn. Kaffee ist gleich fertig. Sie muss grinsen und antwortet nur mit einem Daumen hoch. Sie schleicht in das Badezimmer. Später kann sie immer noch duschen. Die nächste Straßenbahn fährt in 20 Minuten. Das sollte sie schaffen. Die Haltestelle ist fast vor ihrer Haustür, nur hatte der Bäcker an einem Sonntag noch nicht geöffnet. 20 Minuten später sitzt sie in der Bahn zur Pathologie. Einige Betrunkene geistern noch durch die Stadt sowie ein übriggebliebenes Liebespärchen das Arm in Arm durch die Straße läuft. Anke fragt sich wieder einmal, ob so ihr Leben mit 46 Jahren aussehen soll. Was macht sie, wenn sie mal in Rente geht. Ist der Beruf das alles wert? Selbstzweifel hat sie regelmäßig, seit ihre letzte Beziehung in die Brüche gegangen ist. Sie liebt ihre Arbeit und würde diesen Weg immer wieder gehen. Carola hat es auch geschafft und arbeitet nun erst einmal in Teilzeit. Viele Gedanken kreisen in ihrem Kopf, als sie aus der Straßenbahn aussteigt. Um 7:10 Uhr öffnet sie die Tür zur Pathologie. Udo sitzt wie gewohnt, an seinem PC und tippt.

„Morgen Udo, was schreibst du nur immer?"

„Moin Anke, kannst du wieder nicht ausschlafen?"

„Man beantwortet keine Frage mit einer Gegenfrage."

„Hmm, wenn du meinst. Bist du so früh aufgestanden, um mich zu ärgern?"

„Nein, nein, um Gottes willen! Ich hasse es nur an einem Sonntag alleine zu Hause zu sein."

„Geht mir nicht anders." Dabei legt Udo seine Brille zur Seite.

„Ich schenke uns erst einmal einen Kaffee ein. Immer noch mit Milch, Anke?"

„Ja, da hat sich nichts geändert."

Schweigend sitzen sie da und trinken den heißen Kaffee, bis Udo das Gespräch wieder beginnt.

„Ist der Kettler der Mörder von dem Max?"

„Ja, er hat gestanden. Auch wenn Max abgerutscht ist, hat er versucht das zu vertuschen."

„Ich hätte schwören können, dass es ein Selbstmord gewesen ist."

„Hatten wir alle angenommen. Bei der Mutter von Jana bist du dir aber sicher?"

„Heute Morgen hast du es aber, oder? Natürlich bin ich mir sicher und das nicht nur, weil die Kanüle noch im Arm steckte. Es waren keine Spuren von Fremdeinwirkung an dem Körper oder in der Wohnung."

„Wo hat sie gesessen?"

„In der Küche auf dem Fußboden. Eine Flasche billigen Wodka neben sich und einige gebrauchte Taschentücher um sich herum."

„Wer hat sie gefunden?"

„Eine junge Dame im Haus. Sie hatte ihr etwas zu essen gemacht und hat mehrmals an der Tür geklopft. Sie meinte, es wäre nicht das erste Mal, dass sich Lisa abschießt. Deswegen hat der Bruder von Semke die Tür geöffnet und sie dann gefunden."

„Hmm, sicher, dass keine Gewalt im Spiel gewesen ist?"

„Ja, ganz sicher. Er hat sich die Fingerabdrücke abnehmen lassen und diese Semke hat die ganze Zeit geweint."

„Wir haben die Semke auch kennengelernt. Sie hat sich um Lisa anscheinend etwas gekümmert. Mit dem Wodka hatte sie schon in unserer Gegenwart angefangen zu trinken. Es gibt leider viel zu wenige Menschen, die aus solchen Verhältnissen wieder herauskommen. Das tut mir wirklich leid. Eine ganze Familie ist innerhalb von einer Woche ausgelöscht, außer das Kind." Anke stiert in ihre Kaffeetasse.

„Wie geht es bei euch weiter?"

„Es ist wirklich ein schwieriger Fall. Wir hoffen, morgen in Düsseldorf etwas mehr zu finden. Wir wollen Familie Kayser mal zu Hause besuchen. Jana soll ein Verhältnis mit einem älteren Mann gehabt haben und das passt irgendwie zusammen." „Hmm", mehr kommt von Udo nicht. Stille im Büro. „Denkst du tatsächlich, dass der Kayser seine Freundin in dem Hotel umbringt, wo seine Frau schläft?"

„Nein, aber vielleicht Frau Kayser?"

„Wie ist Jana dann in das Hotel gekommen?"

„Vielleicht hat Frau Kayser sie im Namen ihres Mannes dorthin bestellt." „Aha"

„Ist das alles? Aha? Du glaubst da nicht dran, oder?"

„Nee, überlege doch einmal. Danach hat Boutique-Tante Kayser sämtliche Verbindungen zum Alarm oder Telefon ausgeschaltet?" Anke muss lachen. „Dann wäre sie aber besser in einem Security-Unternehmen aufgehoben, als in einer Boutique."

„Sag ich doch. Da passt etwas nicht. Was ist mit diesem anderen Pärchen?"

„Familie Meier? Wir finden dort gar keinen Zusammenhang."

„Genau und das macht die Sache doch erst interessant. Was ist mit dieser Yvonne Meier?"

„Ach, Udo, ich weiß es nicht. Diese junge Frau hat im Fitnessstudio gearbeitet bevor sie geheiratet hat. Klar kann man dann jemanden umbringen mit genug Kraft, dann aber die Sache mit dem ausgeschalteten Alarm und warum waren die Schlüsselkarten deaktiviert? Wir haben einfach keine Indizien und wirklich nichts bringt diese Menschen mit den Würmers in Verbindung. Wir finden auch nichts, was mit Südafrika zusammenhängen könnte."

„Ja, das ist wirklich mysteriös. Was ist mit Interpol?"

„Die lassen sich Zeit. Hoffentlich kommt morgen etwas von denen. Was machst du heute noch?"

„Ich muss noch den Bericht von Lisa Würmer fertig schreiben und gehe dann heute Mittag nach Hause. Dann werde ich mich in mein Bett legen und einfach nur schlafen." „Klingt genauso spannend wie bei mir", grinst Anke. „Ich gehe gleich erst einmal bei meinem Bäcker frühstücken." Damit steht Anke auf. „Bis morgen Udo." „Ja, Anke, bis morgen. Einen schönen Sonntag wünsche ich mal lieber nicht." „Nee, lass mal." Damit verlässt Anke die Pathologie und geht zur nächsten Haltestelle.

Montagmorgen starten Anke, Hans und Gunnar Schleif in Richtung Düsseldorf. Hans erzählt von seinem Wochenende mit den Kindern und Gunnar Schleif sitzt schweigend auf der Rücksitzbank. Diesmal fährt Hans und Anke starrt aus dem Fenster. Familie ist schon toll, aber je mehr Hans erzählt, umso mehr sticht es in Ankes Herz. Die Männer leben noch in ihren Klischees. Warum darf eine Frau nicht das Geld verdienen und der Mann bleibt zu Hause? „Anke hörst du mir überhaupt zu?", nimmt sie wahr. „Ja, natürlich. Ich hätte auch gerne etwas zu erzählen, aber ich habe nur mit Udo morgens Kaffee getrunken und bin wieder zurück nach Hause gefahren." „Wie, du warst gestern in der Pathologie?" „Ja, stell dir das mal vor. Udo meint übrigens, dass wir die Meiers nicht übersehen sollten." „Aha, was hat der Meier mit Südafrika zu tun?" „Das habe ich Udo auch gefragt. Trotzdem ist er nicht von den Kaysers als Täter überzeugt." „Na, wir werden es heute sehen. Wenn der Kayser afrikanische Figuren bei sich stehen hat, dann wissen wir, wo unser Weg lang geht." „Ja, das sehe ich auch so, oder Gunnar Schleif?" Hinter Anke kommt eine Reaktion. „Ich glaube auch nicht an die Kaysers. Die beiden sind so langweilig, dass ich denke, wir suchen unseren Täter in der komplett falschen

Richtung. Woher wissen wir, dass unser Täter im Hotel übernachtet hat? Er kann genauso gut nachts in das Hotel gekommen sein, Jana Würmer getötet haben, alles Out of Order gesetzt haben und ist dann wieder über die Tür in der Tiefgarage verschwunden." Das wäre noch etwas, denkt sich Anke. Einen völlig Fremden zu ermitteln bei dieser kargen Grundlage ist wirklich schwierig, aber eigentlich hatte Gunnar Schleif recht.

Zwei Stunden später sind sie in Düsseldorf angekommen und werden vorstellig bei der Mordkommission. Christian hatte die Kollegen schon informiert und sie konnten, nach einem Kaffee, gleich weiterfahren. Sie entschieden als Erstes in die Boutique zu fahren, bevor der Verkehr in der Düsseldorfer Innenstadt zunimmt. „Ich war noch nie in Düsseldorf", sagt Hans auf einmal. „Nicht? Ich schon. Ein nettes Städtchen mit schmalen Gassen, aber die Königsallee war noch nie mein Favorit," antwortet Anke. Gunnar Schleif läuft neben beiden her. „Ich hatte mal eine beste Freundin und wir haben während der Schulzeit immer Städtetouren gemacht. Dadurch war ich schon mal hier. Das hat wirklich Spaß gemacht." Anke sieht ihn erstaunt an. „Wo ist Ihre beste Freundin heute?", fragt sie ihn. „Verheiratet und zwei Kinder. Dafür hat sie jetzt keine Zeit mehr." Schweigend gehen sie weiter, bis sie vor der Boutique KY stehen. „Aha, KY ist wahrscheinlich die Abkürzung für Kayser, oder wie seht ihr das?" Hans sieht in die Runde. „Anscheinend", und Anke zuckt nur mit den Schultern. Sie betreten die Boutique. Frau

Kayser steht hinter dem Tresen und diskutiert mit einer Angestellten. „Hallo Frau Kayser", ruft Hans direkt. Frau Kayser sieht zur Tür und wird rot. „Oh, was machen Sie denn hier?", fragt sie ohne einen Namen zu erwähnen. „Wir möchten gerne noch einmal mit Ihnen und Ihrem Mann sprechen." Hans geht in die Offensive. „Das konnten Sie nicht am Telefon klären? Dafür sind Sie extra hier hergefahren?" Frau Kayser ist es sichtlich unangenehm. „Ja, genau. Dafür sind wir extra hergefahren. Das ist also ihre kleine Boutique. Mal so unter uns, besonders erfolgreich sind Sie damit nicht, oder?" Der Mundwinkel von Hans zeigt ein schwaches Lächeln. „Ähm, ja… Könnten wir uns hinten im Büro unterhalten?" Frau Kayser wird von Minute zu Minute nervöser.

„Wir möchten mit Ihnen kurz reden und wollen dann weiter zu Ihrem Mann."

„Ja, gerne. Mein Mann ist heute auch zu Hause. Er muss morgen auf eine Messe nach Frankfurt. Sie können ihn gerne aufsuchen."

„Das machen wir später. Frau Kayser, wie finanzieren Sie eigentlich Ihren Luxus?" Anke hat keinerlei Interesse an schönen Worten."

„Ähm ja, es war nicht immer ganz so einfach gewesen die letzten Jahre, aber als mein Vater verstorben ist, habe ich einen Anteil aus dem Familienvermögen erhalten." Stirnrunzeln bei allen dreien.

„Ihr Geschäft ist aber nicht in den positiven Zahlen?"

„Nein, dafür fehlt mir die Kundschaft. Ich bin am Anfang der Königsallee, hier sind die Mieten noch erträglich. Die Laufkundschaft bringt mir aber nicht den Umsatz, den ich benötige."

„Wie viele Angestellte haben Sie?"

„Zwei Angestellte. Sie wechseln sich ab. Ich liebe meine Arbeit hier und dieses Geschäft und deshalb kämpfe ich weiter."

„Kämpft ihr Mann auch, oder ist er eher der Genießer?" Anke fragt sich wirklich, ob Männer sich manchmal darauf ausruhen.

„Wenn Sie es so direkt ansprechen wollen, ja", lacht Frau Kayser.

„Frau Kayser, mal ganz ehrlich, wie viele Beziehungen hatte Ihr Ehemann schon in Ihrer gemeinsamen Ehe?" Nettigkeiten sind nun vorbei und Anke nimmt kein Blatt mehr vor den Mund.

„Einige", kommt es von Frau Kayser.

„Warum sind Sie noch mit Ihrem Mann verheiratet?" Anke kann es gar nicht glauben, dass diese Frau immer noch in ihrer Ehe zufrieden ist.

„Ich liebe ihn und ich verzeihe ihm ständig", kommt es tatsächlich aus dem Mund. Anke muss schlucken.

„Hat Ihr Mann eine Beziehung in Kapstadt?"

„Ich kann es Ihnen wirklich nicht sagen. Wenn ich nein sage, würde ich vielleicht lügen, und wenn ich ja sage, auch." Ein unangenehmes Kichern kommt von Frau Kayser. Was für eine Ehe! „Vielen Dank, Frau Kayser, für Ihre Unterstützung." Hans bedankt sich förmlich. „Bitte informieren Sie Ihren Mann, dass wir jetzt auf dem Weg zum ihm sind." „Ja, danke, dass mache ich." Hans ist bekannt dafür, dass er immer die Balance in den Gesprächen behält. Anke dagegen reagiert oft sehr impulsiv.

„Ist diese Frau glücklich?", fragt Gunnar Schleif von der Rücksitzbank. „Sie hat sich ihren eigenen Weg gesucht. Ihr Mann wird sich anscheinend nie von ihr trennen und sie muss es akzeptieren, dass er Seitensprünge macht. Glücklich, denke ich, ist etwas anderes", antwortet Hans. „Wenn meine Ehe mal so sein sollte... Ach quatsch. So weit kommt es nicht, ansonsten muss man vorher etwas ändern." „Sie haben keine eigenen Kinder, aber vielleicht hat er ja irgendwo anders welche", witzelt Gunnar Schleif. Anke verdreht wieder die Augen, sagt aber nichts. Als sie laut Navigationsgerät abbiegen, kommen sie in eine Gegend, wo die Häuser größer werden und die Gärten grüner. „Wow, nicht schlecht dafür, dass sie keine Kohle haben", lässt Gunnar Schleif verlauten. Anke erwischt sich auch bei diesem Gedanken. „Frau Kayser hatte gesagt, sie hat etwas geerbt. Wer hatte eigentlich den Auftrag die Familie zu durchleuchten?", stellt sie in den Raum. „Schulz!", ruft Gunnar Schleif. Schade, denkt Anke. Sie bleiben vor Hausnummer 48 stehen. „Hier ist es." Das große Eisentor öffnet sich. Sie fahren hindurch und parken direkt vor dem Eingang mit zwei weißen Säulen davor. Der Garten ist nicht so groß wie bei den Nachbarn, aber überall Kieselsteine und frisch geharkt. Die Haustür öffnet sich und Herr Kayser steht in Jeans und einem grünen Sweatshirt in der Tür. Ich frage mich wirklich, was die Frauen an ihm finden, denkt sich Anke. Attraktiv ist etwas anderes. „Guten Tag, Herr Kayser", ruft Hans schon beim Aussteigen. „Guten Tag! Sie haben aber einen weiten Weg hinter sich." „Ja, den haben wir, aber manchmal muss auch das sein." Alle drei werden in das Haus gebeten. Anke staunt nicht schlecht über die Eingangshalle. Ein glänzender Marmorboden mit einige asiatischen Skulpturen. „Sehen Sie sich ruhig um. Das gehört alles nicht mir. Mein Schwiegervater führte ein mittelständisches Unternehmen. Er verstarb vor ein paar Jahren und meine Schwiegermutter lebt in einer Seniorenresidenz hier um die Ecke. Sie hat diesen Weg selber gewählt, nachdem ihr Mann verstorben ist und wir dürfen so lange hier auf das Haus aufpassen." Herr Kayser verzieht dabei sein Gesicht. „Kommen Sie, wir gehen ins Wohnzimmer. Möchten Sie etwas trinken?" „Nein, danke", kommt es von Hans und Anke gleichzeitig. „Ihre Schwiegereltern haben auch mit Afrika zu tun gehabt?", fragt Anke, nachdem sie das Wohnzimmer betreten und die ausgestopften Tierköpfe an der Wand hängen sieht. „Ja und nein. Mein Schwiegervater hatte ein Im- und Exportunternehmen. Hauptsächlich in Verbindung mit dem asiatischen Raum, aber er war leidenschaftlicher Jäger und hat jedes Jahr seinen Urlaub in Namibia verbracht. Deswegen hängen hier so viele Trophäen. Was meinen Sie, wie glücklich meine Schwiegereltern waren, als ihre einzige Tochter einen Vertreter geheiratet hat." Er lacht bei dieser Aussage. Alle setzen sich auf das weiße Ledersofa mitten im Raum. „Wo haben Sie sich kennengelernt?", fragt Hans. „Marietta habe ich hier in diesem Haus kennengelernt. Ihre Eltern hatten einige Freunde eingeladen zu einer südafrikanischen Weinprobe. Ich war neu im Geschäft und bin mit meinem Vorgesetzten mitgefahren. Ich habe allerdings nur die

Flaschen öffnen dürfen und stand ansonsten gelangweilt herum. Irgendwann haben Marietta und ich uns unterhalten und so nahm alles seinen Lauf. Meine Schwiegereltern haben fast einen Anfall bekommen, als sie mitbekommen haben, dass wir ein Paar sind." „Haben Sie schon immer hier zusammengewohnt?" Sogar Anke war an dieser Geschichte interessiert. „Nein, wir hatten uns eine kleine 2-Zimmer-Wohnung genommen. Marietta war noch mitten im Studium für Modedesign. Wir haben von meinem kleinen Gehalt gelebt und sie hat etwas nebenbei gearbeitet bei ihrem Vater in der Firma. Sie wollte das Geschäft aber nie übernehmen und das störte ihn gewaltig. Nach dem Studium ist sie kurz ganz in die Firma eingestiegen, aber es gab nur Ärger mit den zweien. Marietta hatte andere Vorstellungen von einer Geschäftsführung als ihr Vater." Gunnar Schleif geht langsam von Tier zu Tier und sieht sich die genauer an. Das Thema interessiert ihn nicht und er hat auch kein Verständnis für die Jagd. „Dann ist Marietta endgültig aus dem Geschäft ihres Vaters ausgestiegen und hat sich den Traum ihrer eigenen Boutique verwirklicht und ich bin immer noch Vertreter." Er verzieht das Gesicht. „Wann sind Sie hier eingezogen?" Anke möchte nicht in so einem Haus wohnen. „Vor einigen Jahren. Meinem Schwiegervater ging es nicht mehr so gut und wir haben hier geholfen bzw. Marietta. Dann ist er plötzlich gestorben und meine Schwiegermutter konnte es hier nicht mehr aushalten. Sie ist in die Seniorenresidenz und wir spielen den Hausverwalter." „Ihre Frau verzeiht Ihnen die Seitensprünge?", das ist

Anke so ausgerutscht. „Ja, doch anscheinend. Es gibt immer furchtbaren Krach, wenn es rauskommt, aber unsere Liebe überwiegt alles. Ich liebe Marietta, kann aber dann oft nicht nein sagen, wenn sich die Gelegenheit ergibt." Das Geld ist wahrscheinlich auch interessant, wenn die Schwiegermutter stirbt, denkt Anke bei sich. „Aber zum eigentlichen Thema, Herr Kayser." Anke ist nicht nach Düsseldorf gefahren, um seine Liebesgeschichten zu hören. „Sie sagten ja bereits, dass Sie regelmäßig nach Südafrika fliegen müssen." Herr Kayser nickt. „Aber Jana Würmer sind Sie noch nie begegnet?" Dabei legt sie die Bilder der Toten vor ihm hin. „Ähm, nein, das sieht ja schrecklich aus. So ein junger Mensch! Mir wird schlecht." Anke beobachtet ihn genau. Seine Reaktion ist nicht gespielt. Er hält sich für einen kurzen Moment die Hand vor den Mund. „Ich hatte einige Frauen, aber meinen Sie wirklich, ich bin noch attraktiv genug für so eine junge Frau?" Da muss sogar Anke innerlich lachen. Da hat er absolut recht. „Wenn Ihre Frau eine Affäre mitbekommt, wie reagiert sie?" „Nicht so, dass sie gleich jemanden umbringen würde, falls Sie das meinen. Sie wirft mir Teller an den Kopf und schläft drei Wochen lang in einem der Gästezimmer. Damit kann ich aber gut leben." Oh Mann, was für eine Beziehung. „Einen Mord trauen Sie ihr nicht zu?" „Nein, auf keinen Fall. Wenn wir am Straßenrand schon ein verwahrlostes Tier sehen, spielt sie Mutter Teresa." „Aber ihr Vater war ja nun ein Jäger und wahrscheinlich sind noch Waffen hier im Haus?", fragt Anke. „Nein, wir haben alles nach seinem Tod abgegeben und meine Frau ist

Vegetarier." Das erklärt einiges. Dieser Raum erdrückt einen aber auch richtig. Sie würde gerne nur eine Safari machen, aber die Tiere lieber lebend sehen. Hans und Anke stehen von der Ledercouch auf. Gunnar Schleif steht vor einer großen Holzfigur. Mehrere Tiere sind dort eingeschnitzt und die Holzsäule ist mindestens 2 Meter hoch und hat einen Umfang von 50 cm. Herr Kayser geht auf ihn zu. „Das sind die Big Five. Elefant, Büffel, Nashorn, Löwe und Leopard. Wunderschön in dieses Hartholz geschnitzt. Das finde ich allerdings auch sehr beindruckend." Gunnar Schleif nickt. „Aber ist so etwas nicht sehr teuer, wenn es von Namibia hierher verschifft wird?" Herr Kayser lacht. „Ja, wahrscheinlich für eine Privatperson schon, aber dieses schöne Exemplar kommt zwar aus Namibia, wurde aber hier in Hamburg gekauft." Anke und Hans drehen sich im selben Moment um. „In Hamburg?", kommt es beiden aus dem Mund. „Ja, in Hamburg. Meine Schwiegereltern waren oft auf Messen in Hamburg und dort gibt es ein Möbelgeschäft, wo sie ganz viel afrikanische Kunst anbieten. Wie heißt es noch gleich?" Er überlegt. „Ach ja, Möbelhaus Elfe." Gunnar Schleif tippt gleich in seinem Notizblock. „Eigentümer ist Wolfgang Meier," sagt er. Ein Blitz durchschießt Anke. „Waren Sie schon einmal dort?" Hans bekundet Interesse. „Nein, ich noch nicht. Ich finde das Teil zwar schön, aber würde mir so etwas sonst nicht in das Haus stellen. Wir haben davon hier ja schon genug herumstehen." „Vielen Dank Herr Kayser für Ihre offene Art. Ich denke, es hat sich gelohnt, hier bei Ihnen mal vorbeizukommen." Hans verabschiedet sich. „Ja, danke und alles Gute für Sie und Ihre Frau." Anke geht zur Tür hinaus. Ein letzter Blick auf das Haus und alle drei steigen in das Auto. Sie fahren durch das Schmiedetor, als Gunnar Schleif aufgeregt hin und her zappelt. „Es ist dieser Meier. Der aalglatt ist und keinerlei Verbindungen nach Südafrika hat, vertreibt aber afrikanische Skulpturen. Das gibt es doch nicht!" „Nun mal nicht so erhitzt. Das heißt noch gar nichts. Das kann auch Zufall sein. Sie haben doch die Familie Meier überprüft und selber nichts Ungewöhnliches gefunden." Anke spricht anders, als sie denkt. Sie hat nun auch das Gefühl, endlich auf einer heißen Spur gekommen zu sein. „Ja, ich habe nichts Besonderes bei den Meiers gefunden, aber da wusste ich auch nur, dass sie ein Möbelgeschäft besitzen." „Bei Jana Würmer standen doch auch Holzfiguren herum", überlegt Anke laut. „Wir sollten uns auf die Figuren konzentrieren. „Wir fahren jetzt zurück nach Bremen. Dann sind wir vor dem Feierabendverkehr hier raus." Hans fährt sicher wieder zurück zur Autobahn. „Morgen sollten wir gleich nach Hamburg fahren", kommt die Aussage von der Rücksitzbank. „Ja, ich denke auch, wir sollten uns das Möbelhaus einmal ansehen." Alle drei nicken. „Hast du heute irgendetwas von Carola gehört?", Anke sieht zu Hans rüber. „Nein, gar nichts. Ich verstehe es nicht, warum Interpol sich so Zeit lässt." „Vielleicht sind die Informationen erst am Nachmittag gekommen? Du weißt doch, Teilzeit." „Ja, ich finde das echt gut. Vielleicht sollte ich darüber mal nachdenken", lacht Hans. Die restliche Fahrzeit verbringen sie stumm. Jeder ist in seinen Gedanken, nur Gunnar Schleif tippt auf seinem Notizblock herum und hat dabei Ohrstöpsel in den Ohren. Anke starrt aus dem Fenster und hängt wieder ihren Gedanken nach.

Hans stand diesmal nicht im Stau und kommt gerade rechtzeitig zum Abendessen nach Hause. „Papa!", rufen seine Kinder. Die Kleinste kommt angelaufen und lässt sich auf dem Arm zurück in die Küche tragen. Sie hatten sehr wenige solcher Momente zusammen. Er setzt Marie wieder in der Küche ab. Er geht noch einmal zurück in den Flur und zieht sein Jackett aus. Er wäscht sich die Hände und sieht in den Spiegel. Die ersten grauen Haare sind deutlich zu erkennen und die Falten werden um seine Augen mehr. Als er wieder in die Küche zurückkommt, gibt er seiner Frau einen Kuss. „Alles in Ordnung?", fragt sie ihn. „Ja, alles wunderbar. Ich habe einen Bärenhunger", lacht er und äfft einen Bären nach. Seine Kinder lachen. Er genießt seinen Feierabend und vergisst dabei den heutigen Tag.

Anke joggt um das Weserstadion und grübelt über Wolfgang Meier nach. Sie ist gespannt auf morgen. Hat er wirklich eine Verbindung nach Südafrika? Ist er mit Jana Würmer befreundet gewesen? Fragen über Fragen schwirren ihr beim Laufen im Kopf herum. Sie wünscht sich manchmal einfach mal abschalten zu können.

Man spürt eine gewisse Aufregung am Dienstagmorgen im Büro. Alle drei haben das Gefühl, endlich einen Strohhalm greifen zu können. Schulz hat zwei Tage frei, der Kollege Jan Wiemer ist aus seinem 3-wöchigen Urlaub zurückgekehrt und sitzt mürrisch hinter dem Tresen im Eingangsbereich. „Jan, wir fahren nun nach Hamburg. Informiere bitte die Kollegen vor Ort, dass wir bei diesem Meier im Möbelhaus sind. Carola ist auch wieder zurück und kommt gegen 9 Uhr, dann bist du nicht so alleine", Anke konnte es sich nicht nehmen lassen ihn zu ärgern. Seine Reaktion war ein „Pffff", auf ihre Aussage. Sie grinst ihn an. „Bis später, mein Lieber." Jan war schon immer einer ihrer Lieblingskollegen. Er ist meist eher der grimmige Typ, aber hat das Herz am richtigen Fleck sitzen. Schulz hat sich die freie Zeit verdient, nachdem er die letzten Tage mehr Stunden im Revier gewesen ist, als normal. Er ist genauso ein Workaholic wie sie. Manchmal hat sie das Gefühl, hier bei der Polizei arbeiten nur Verrückte – sie eingeschlossen.

Auf der A1 stockt der Verkehr schon in Sittensen. Das Navigationsgerät zeigt 3 km Staulänge an. Hans hatte gehofft, wenn sie nach der Rush Hour losfahren, dass es einfacher wird durchzukommen. Leider hat er sich da getäuscht. Kaum hatten sie den Stau hinter sich gelassen, standen sie erneut in einer Baustelle. „Das darf doch nicht wahr sein! Kommen wir heute noch vor Schließung des Möbelhauses in Hamburg an?", schimpft Anke. „Na komm, so spät ist es ja noch nicht." Hans grinst. „Ich bin mal mit meiner Schwester nach Hamburg gefahren zu einem Musical und wir standen den ganzen Tag im Stau. Das Musical hat dann ohne uns angefangen." Gunnar Schleif hat seine In-Ears herausgenommen. „Was haben Sie dann unternommen?", fragt Anke. Sie wusste gar nicht, dass er eine Schwester hat. „Wir sind wieder zurückgefahren und waren in 1,5 Stunden wieder zu Hause", lacht er. „Kein Stau auf der Rückfahrt. Wir haben ein Teil des Geldes wieder zurückbekommen, da noch mehr die Show nicht geschafft haben. Seitdem fahren wir nur noch mit dem Zug in diese Richtung." „Ich hoffe nicht, dass uns das heute auch blüht." Hans sieht dabei weiterhin nach vorne auf die Straße. „Den ganzen Tag mit euch zusammen im Auto halte ich nicht aus", und er fängt an herzlich an zu lachen. „Frechheit", kommt der Kommentar von Anke. „Aber trotzdem musst du gleich mal anhalten. Ich muss auf die Toilette." „War ja klar. Typisch Frau, kann mal wieder nicht durchhalten." „Ey, mal nicht so frech, der Herr." Sie fahren bei der nächsten Raststätte ab und machen eine kurze Pause. Nach 3 Stunden und zwei weiteren Staus stehen sie endlich auf dem Parkplatz von Möbel Elfe in Hamburg - Eppendorf. Ein über mehrere Etagen großes Möbelhaus mit einem imposanten Eingang. Zwei weiße Säulen schmücken den Eingangsbereich. Sie wollen sich erst einmal umsehen, bevor sie sich als Kriminalpolizei ausgeben. Hans bleibt gleich vor einem Messerset stehen. „Wow, nicht schlecht. Davon habe ich mal eins zum Geburtstag bekommen." Er streicht leicht über eines davon. Eine rundliche Verkäuferin kommt auf sie zu. „Schönen guten Tag im Möbelhaus Elfe. Mein Name ist Lena. Einer unserer besten Sets, vor denen Sie stehen. Wie kann ich Ihnen helfen?" Anke ist beeindruckt von dieser freundlichen Mitarbeiterin. „Guten Tag. Ja, gerne. Wir suchen etwas Afrikanisches für unser Wohnzimmer", übernimmt Hans das Gespräch. „Die afrikanischen Skulpturen finden Sie in unserer 2. Etage. Soll ich Sie hochbringen?", dabei wippt beim Sprechen ihre große Oberweite rauf und runter. Anke starrt förmlich dahin. „Nein, danke. Wenn Sie uns nur den Fahrstuhl zeigen würden", und dabei sieht Hans sich schon suchend um. „Ja, sehr gerne. Ich begleite sie dahin. Folgen Sie mir." Service wird hier großgeschrieben. So etwas hat Anke noch nie erlebt. „Bitte schön, hier der Fahrstuhl. Oben sind meine Kollegen und können Ihnen weiterhelfen." „Vielen Dank Lena." Hans hat sich den Namen gemerkt, staunt Anke. Alle drei steigen in den gläsernen Fahrstuhl und fahren in die 2. Etage. Schon beim Anhalten starren alle wie gebannt raus. Beim Verlassen des Aufzuges glaubt man in eine andere Welt einzutauchen. Überall, aber auch wirklich überall stehen afrikanische Skulpturen, einzelne Möbelstücke und Bilder, mit der ganzen Flora und Fauna Afrikas. Anke bleibt beeindruckt stehen und lässt es auf sich wirken. Einen Moment lang vergisst sie, warum sie eigentlich hier ist. Gunnar Schleif reißt sie aus ihren Gedanken. „Na, wenn das hier nicht Afrika ist, dann weiß ich auch nicht weiter." Anke bleibt bei einer kleinen Figur stehen. Hans tritt neben sie. „Ich glaube, so eine habe ich schon einmal gesehen", sagt sie und nimmt den Holzelefanten in die Hand. „Du meinst bei Jana Würmer im Zimmer?", und Hans nimmt die Figur aus ihrer Hand. Er dreht und wendet sie. „Guten Tag! Kann ich Ihnen helfen?", kommt die Stimme des Verkäufers, der direkt vor Ihnen steht. „Ja, können Sie." Anke sieht dem Verkäufer direkt in die Augen. „Könnten Sie bitte den Eigentümer Wolfgang Meier herholen?" Dabei zeigt sie ihm ihren Dienstausweis.

Der Verkäufer mit dem Namensschild Klaas schluckt, dreht sich ohne ein weiteres Wort um und rennt förmlich los. Anke muss grinsen. Welche Wirkung der Dienstausweis auch immer hat. Gunnar Schleif kommt mit einer kleineren Holzfigur um die Ecke. „Also, wenn ich mir die Figuren alle so ansehe, dann wundere ich mich über die Löcher in einigen Figuren." Anke und Hans sehen auf die Stelle, wo er mit seinem Zeigefinger draufzeigt. „Ich habe ja schon mal gesagt, dass es sich hier um Diamantschmuggel handelt." Anke erinnert sich an seine Worte. Sie dreht die Holzfigur vor ihr um und tatsächlich auch an dieser Stelle ist hier einmal ein Loch gewesen. „Hier hat jemand sehr schlecht versucht, das Loch zu kaschieren." Hans starrt regelrecht auf die Stelle an der Figur. „Die Dame und die Herren von der Kriminalpolizei aus Bremen." Die Stimme von Herrn Meier holt sie ein. „Hallo, Herr Meier", antwortet Anke. „Ja, wir sind aus Bremen hergekommen, um uns hier einmal umzusehen. Ein großer Komplex ist das hier." „Ja, das haben meine Eltern aufgebaut und ich habe alles versucht es zu erhalten", erwidert Herr Meier ohne mit der Wimper zu zucken. Alles, das Wort stört Anke bei seiner Aussage. „Herr Meier, können wir in Ihr Büro gehen, oder möchten Sie uns hier ein paar Fragen beantworten?" „Nein, wir gehen lieber in mein Büro." Sie fahren mit dem Fahrstuhl in die vierte Etage. Die Tür öffnet sich und sie betreten einen Flur. „Rechts ist der Bereich meiner Mitarbeiter und ich habe mein Büro hier links. Wenn die Mitarbeiter zufrieden sind, sind es auch die Kunden." Er bleibt vor einer großen milchigen Glastür stehen und schließt die Tür auf. „Erschrecken Sie sich nicht über die alte Einrichtung. Das ist noch alles von meinem Vater. Ich konnte mich bislang nicht davon trennen." Er macht eine Handbewegung, dass sie sich auf das ältere wuchtige Ledersofa setzen sollen. „Etwas zu trinken?" „Nein", kommt es aus allen drei Mündern. Anke sieht sich um. Der massive Schreibtisch ist schon antik und die Ledergarnitur hat auch schon bessere Jahre gehabt. Sie betrachtet das Bild hinter dem Schreibtisch. Herr Meier sieht ihren Blick. „Ja, das ist mein Vater. Streng, aber gerecht." „Herr Meier, weswegen wir hier sind. Waren Sie jemals in Südafrika?", Anke redet nicht lange um den heißen Brei herum. „Ja, natürlich. Wie kommt sonst die zweite Etage zustande?"

„Hat ihr Vater schon mit afrikanischen Figuren gehandelt?"

„Nein, er war nie im Ausland. Nach seinem Tod ging es hier langsam bergab mit seinem Geschäftsmodell. Wir mussten uns neu orientieren."

„Wir, damit meinen Sie sicher Ihre geschiedene Frau und sich selbst?"

„Ja, das meine ich damit", dabei wird er rot. „Wir haben uns später getrennt. Silvia hatte die Nase voll, alle Kraft in dieses Haus zu investieren. Sie wollte, dass ich verkaufe, aber ich konnte das nicht. Meine Eltern haben viel geopfert, damit ich das Haus übernehmen konnte", und dabei richtet er seinen Blick auf das Porträt seines Vaters.

„Mit welcher Firma arbeiten Sie in Südafrika zusammen?"

„Oddities direkt in Kapstadt."

„Wo haben Sie Ihre jetzige Frau kennengelernt?"

„Yvonne traf ich zum ersten Mal in einem dieser Clubs hier in Hamburg."

„Varielin am Hans-Albers-Platz?"

„Ja", sagt Herr Meier irritiert.

„Wie lange sind Sie verheiratet?"

„Oh, da fragen Sie mich was. Ich glaube, es sind nun vier Jahre."

„Was macht Ihre Frau beruflich?"

„Ich mache nicht noch einmal den Fehler, meine Frau mit im Unternehmen einzubinden. Sie braucht nicht zu arbeiten. Ich habe einen guten Geschäftsführer eingestellt um mehr Zeit für mich und meine Frau zu haben."

„Ihre Frau ist sehr jung. Wie viel Altersunterschied haben Sie?"

„Yvonne ist 32 Jahre jünger als ich." Anke schluckt bei dieser Aussage. Was will dieses Küken mit so einem alten Knacker! Hans steht auf und beginnt hin und her zu laufen. „Sagen Sie, Herr Meier, ist Ihre Frau auch schon einmal mit nach Südafrika geflogen?" „Ja, einmal, aber ihr hat der lange Flug nicht gefallen." „Das heißt, sie ist dann nicht mehr mitgeflogen?" Herr Meier nickt. Auch er steht auf und schenkt sich ein Glas Wasser ein. „Möchten Sie wirklich nicht?" „Nein, danke", reagiert Hans darauf. „Kennen Sie eine Jana Würmer?", fragt er ihn, als Herr Meier gerade sein Glas ansetzt. Anke hat das Gefühl, er zögert etwas, bevor er anfängt zu trinken. Eine Sekunde nur. „Nein, den Namen habe ich noch nie gehört." Gunnar Schleif kramt die Fotos von Jana aus seiner Tasche und legt diese auf den Tisch direkt vor ihnen. „Sehen Sie sich bitte die Fotos einmal an" und zeigt auf die Bilder. Herr Meier wirft einen flüchtigen Blick auf die Bilder. „Nein, die junge Frau habe ich noch nie gesehen." Anke fällt auf, dass er sich die Fotos gar nicht richtig angesehen hat. „Herr Meier, wenn Sie sich in Südafrika aufhalten, wo sind Sie dann untergebracht?" Hans sieht bei der Frage aus dem Fenster. „Ich bin dann in Kapstadt. In einem Hotel direkt an der Waterfront. Dort steige ich schon seit Jahren ab. Von dort aus kann ich direkt auf den Tafelberg sehen. Waren Sie schon mal am Kap?" Hans betrachtet ihn. „Nein, Herr Meier. Wir alle hier waren noch nie am Kap." „Die Figur, die mein Kollege Herr Schleif noch in der Hand hält, nehmen wir als Beweisstück mit." „Wie als Beweisstück! Was meinen Sie?" „Herr Meier, es ist schon recht ungewöhnlich, dass bei Jana Würmer dieselben Figuren in ihrem Zimmer stehen und Sie uns hier erzählen, dass Sie sie aber nicht kennen. Deshalb nehmen wir diese eine Figur mit und lassen Sie bei uns im Labor mit denen von Jana vergleichen." Herr Meier fängt an, sich die Hände zu reiben. Anke merkt, dass er sichtlich nervöser wird. Sie blickt ganz offensichtlich auf ihr Handy. „Hans, Interpol hat mir eine Antwort geschickt, wo Jana Würmer gearbeitet hat in Südafrika. Ich öffne eben schnell den Anhang." Herr Meier verliert seine Fassung. „Was bilden Sie sich eigentlich ein! Sie platzen hier herein und behaupten, ich hätte diese Frau umgebracht? Ich kann Ihnen versichern, dass ich das nicht getan habe! Ja, ich kenne Jana Würmer. Sie hat für Oddities gearbeitet, aber das ist auch alles. Glauben Sie mir!" „Herr Meier, wir glauben an gar nichts. Bei uns zählen nur Tatsachen. Ich werde jetzt die Kollegen anrufen und die werden Sie abholen für weitere Befragungen." Damit verlässt Hans das Büro und ruft die Kollegen direkt hier in Hamburg an. Herr Meier lässt sich auf seinen Schreibtischsessel fallen. Fassungslos starrt er auf das leere Glas. Anke und Gunnar Schleif stehen auf. „Herr Meier, vielleicht sollten Sie jetzt einen Anwalt anrufen", und damit verlassen die beiden das Büro.

„Irgendetwas ist an der Aussage von Wolfgang Meier identisch mit der von Jana Würmer. Mir fällt es aber nicht ein!", denkt Anke laut. „Kannst du uns jetzt mal die Information von Interpol zeigen?", fragt Hans. „Welche Informationen? Ach du meist das eben im Büro?" Sie fängt an zu lachen. „Mensch Hans, das war ein Spielchen! Er hatte etwas gesagt, was ich mit irgendetwas in Verbindung gebracht habe. Deshalb musste ich etwas pokern." Hans fängt auch an zu lachen. „Das hat wenigstens geklappt." Gunnar Schleif öffnet sein E-Notizblock. „Frau Fleur, ich habe die Verbindung gefunden", und dabei zeigt er ihr ein Foto von den Postkarten, die im Haus der Würmers fotografiert worden sind. „Ach du Schande! Das ist es!" ruft Anke begeistert. Hans sieht sie fragend an. „Die Postkarte! Danke Gunnar Schleif. Auf der Postkarte hat Jana ihrer Oma geschrieben, dass sie einen Blick auf den Tafelberg hat! Wie hat Herr Meier so schön beschrieben? Von dort aus kann ich direkt auf den Tafelberg sehen. Nun müssen wir ihm nur noch den Mord nachweisen." „Dann fangen wir mal an zu wühlen. Ich denke nicht, dass die Postkarte für einen Durchsuchungsbeschluss reicht",

141

meint Hans. Ankes Telefon klingelt. „Fleur", meldet sie sich wie immer kurz und bündig. „Carola hier." „Ach Carola! Ich habe diese Nummer gar nicht eingespeichert." „Ja, ist nun meine. Kannst du jetzt nachholen. Wir haben Post von Interpol erhalten." „Das wird auch mal Zeit." „Ich leite dir den Anhang weiter oder brauchst du eine Zusammenfassung?" „Nein, ich habe gerade Zeit es zu lesen. Ach und Carola? Wir bleiben noch etwas in Hamburg. Herr Meier wird gleich zur Befragung abgeholt." „Habe ich mir schon gedacht. Lies einfach die Informationen von Interpol." „Okay, danke und dann habe ich noch ein größeres Anliegen." „Okay, ich höre." „Du musst dich mit dem Jugendamt in Verbindung setzen. Wir brauchen eine DNA von der kleinen Mia. Ich denke, sie ist das Kind von dem Meier und wenn das so ist, bekommen wir einen Haftbefehl." „Das wird nicht so einfach werden. Ich versuche mein Bestes." „Super und bis dann." Damit legt Anke wieder auf. „Anke, das stimmt! Wenn die DANN´s zusammenpassen, haben wir einen Beweis für den Durchsuchungsbeschluss", stellt Hans fest. Genau in diesem Moment öffnet sich der Fahrstuhl und die Hamburger Kollegen steigen aus. „Hallo Hans! Ist ja lange her, dass wir uns gesehen haben." „Hallo Karsten. Ja, das stimmt. Muss jetzt zwei Jahre her sein." Beide schütteln sich die Hände. „Meine Kollegin Anke Fleur und unser Student Gunnar Schleif." Alle nicken sich zu. „Wir benötigen eure Unterstützung bei einem oder eher zwei Morden in Bremen", beginnt Hans. „Ja, ich habe schon die Informationen von einem Herrn Wiemer erhalten.

Meint ihr, Herr Meier vom Möbelhaus hängt damit drinnen?" „Ja, aber leider haben wir noch keine handfesten Beweise. Vielleicht können wir ihn bei euch auf der Wache mal in die Mangel nehmen." „Ja, kein Problem. Ist er hier drin?", damit zeigt Karsten auf die Glastür. Hans nickt und die Hamburger Kollegen übernehmen den Rest. Die E-Mail ist eingegangen und Anke öffnet den Anhang von Interpol:

Jana Würmer Geboren am 18.7.1994
1. Einreise Kapstadt 6/2020 Ausreise 07/2020
2. 9/2020 – 11/2020
3. 01/2021 – 8/2021
Arbeitserlaubnis erteilt 3/2021
Eingereicht über Firma Oddities
Eigentümer Riaan van der Merwe/Wolfgang Meier
Keine Telefonnummern nachzuweisen auf ihren Namen
Letzte Adresse Waterfront 1256, Kapstadt

„Wow! Auf der Davids Wache war ich noch nie", ruft Gunnar Schleif begeistert heraus. „Stellen Sie sich vor, ich auch nicht und meine Euphorie hält sich in Grenzen", kommentiert Anke. Die Drei fahren direkt hinter den Hamburger Kollegen her. Herr Meier sitzt in dem vorderen Wagen. Er wollte auf keinen Fall mitkommen, aber sein Anwalt hat ihm das dann doch nahegelegt. „Ich werde eben Jan anrufen. Der soll die Figuren abholen lassen aus dem Zimmer von Jana", sagt Anke zu Hans und holt dabei schon ihr Smartphone aus der Tasche. „Hi Anke hier. Na Jan, wieder im Alltag angekommen?" lacht sie. „Du kannst mal eine Streife zu den Würmers schicken. Sie sollen die Holzfiguren in dem Zimmer einsammeln und sie zur Spusi bringen. Wir bringen auch noch eine Figur mit. Vielleicht sind sie ja aus demselben Holz geschnitzt." Jan antwortet etwas und Anke lacht. „Ja, ich bin aus einem anderen Holz geschnitzt", und damit legt sie auf. „Ich bin echt froh, so ein tolles Team um mich herumzuhaben. Nur so macht das Arbeiten auch wirklich Spaß", sagt sie. „Ja, das stimmt. Ich glaube, sonst wäre ich auch nur Teilzeit dabei", grinst auch Hans.

Sie parken direkt vor dem Eingang und gehen den Kollegen hinterher. Herr Meier wird in einen Verhörraum gebracht und Karsten führt die drei in den Raum daneben. „Ihr müsst jetzt auf den Anwalt warten. Herr Meier ist zurzeit etwas... Na ja sagen wir mal... schlecht auf uns zu sprechen. Ich bringe euch erst einmal etwas zu trinken." „Danke dir Karsten. Wir müssten ihn eigentlich festhalten, bis wir mehr Beweise zusammen haben. So wird es schon schwierig mit der Grundlage eines Verhörs. Kannst du Herrn Meier etwas Wasser hinstellen? Wir brauchen noch mal seine DNA." „Ja, sehr gerne und euch dann mal viel Glück." Karsten rauscht ab. Kurze Zeit später bringt ein Polizist Kaffee und Wasser und stellt auch Herrn Meier ein Glas mit einer Flasche Wasser auf den Tisch. Anke, Hans und Gunnar Schleif warten noch kurz, als der Anwalt schon im Raum ist. Irgendwann wird Herr Meier dann doch durstig und schenkt sich das Glas voll und trinkt es komplett aus. Die drei Bremer betreten den Verhörraum. „Was soll der Mist

144

hier!", kommt es gleich von Herrn Meier. „Ich habe die Jana nicht umgebracht und werde hier wie ein Krimineller behandelt. „Hören wir erst einmal, was die Herren ähm und die Dame zu sagen haben", versucht der Anwalt ihn zu beruhigen. Herr Meier füllt sich erneut ein Glas Wasser ein. Anke drückt die Aufnahmetaste und sagt den Tag, Datum, Uhrzeit und die Namen aller Beteiligten. „Herr Meier, wir möchten gerne von Ihnen wissen, in welcher Beziehung Sie zu Jana Würmer gestanden haben", führt sie fort. „In gar keiner Beziehung! Sie hat für Oddities gearbeitet, mehr nicht."

„Wie ist Jana Würmer zu Oddities gekommen?", sie muss ihm wohl alles aus der Nase ziehen.

„Ich habe sie auf einem Event kennengelernt und sie war so begeistert vom Land, dass sie gerne länger bleiben wollte."

„Und daraus entsteht gleich eine Anstellung in Ihrer Firma?"

„Ja, warum nicht. Wissen Sie, wie schwer es ist, gutes Personal zu bekommen? Frau Würmer spricht auch noch fließend Englisch." Dabei sieht er seinen Anwalt an und dieser nickt.

„Sie sind ein Miteigentümer von Oddities?"

„Ja, das bin ich. Mein Partner ist Riaan van der Merwe. Er ist für das Geschäft in Südafrika zuständig und ich hier für Europa."

„Womit handeln Sie?"

„Ich betreibe Handel mit Figuren, Bildern und Möbeln aus Südafrika."

„Wie bekommen Sie die Waren hier her in Ihr Möbelhaus?"

„Mein Partner verpackt die Sachen in einen Container, der hier nach Hamburg verschifft wird."

„Und Ihr Partner hat auch gleich die Arbeitserlaubnis für Frau Würmer eingeholt?"

„Das ist das kleinste Problem. Herr van der Merwe hat Beziehungen zur Behörde."

„Das klingt für mich alles viel zu einfach. Jana macht Urlaub in Kapstadt und sie will einfach dann dort arbeiten."

„Das geht vielen Menschen so, die dieses Land gesehen haben."

„Herr Meier", Hans steht wieder mal auf. „Hatten Sie den Eindruck, dass Frau Würmer sich in Kapstadt in einen Mann verliebt hatte?"

„Woher soll ich das wissen? Bin ich ihr Kindermädchen?"

„Nein, aber wir haben eine Postkarte gefunden, auf der sie das ihrer Großmutter geschrieben hat."

„Aha", mehr kommt nicht von Herrn Meier. Anke überlegt auf welcher Postkarte er das gelesen hat und auch Gunnar Schleif tippt auf einmal auf seinem elektronischen Notizblock herum.

„Dann wissen Sie auch nicht, dass Jana Würmer ein Kind bekommen hat?"

„Nein" und dabei rutscht Herr Meier nervös auf seinem Stuhl herum.

„Herr Meier, wie sind Sie auf Südafrika gekommen?"

„Durch Anfragen von Kunden. Ich habe dann in einem Handelsblatt von einem Unternehmen gelesen, dass in Kapstadt ansässig ist. Da kam dann eins zum anderen." Der Anwalt erhebt sich. „So wie ich das hier sehe, haben Sie meinen Klienten hier einfach ohne

Beweise hergebracht. Ich denke, wir gehen jetzt."
Damit erhebt sich auch Herr Meier.

„Vielen Dank für Ihre Kooperation, Herr Meier", sagt Anke. „Wir werden möglicherweise auf Sie zurückkommen."

„Wir haben jetzt das Glas mit der DNA, und wenn die Figuren noch übereinstimmen, dann kommt er so schnell nicht mehr aus der Nummer heraus." „Wenn das so ist, muss Interpol sich diesen van der Merwe vorknöpfen", bemerkt Gunnar Schleif. „So, lasst uns wieder zurückfahren. Es gibt einiges zu tun." Hans bedankt sich noch schnell bei Karsten und sie verständigen sich darauf, dass die DNA von Herrn Meier nach Bremen gesendet wird. Danach steigen alle drei in das Auto und fahren Richtung Autobahn. „Herr Schleif", fängt Hans im Auto an. „Sie waren doch kurz beim Zoll. Haben Sie noch Kontakte, dass Sie erfragen können, ob ein Container der Firma Oddities aus Südafrika demnächst ankommt? Oder sollen wir lieber unseren Kollegen das ausführen lassen?" Gunnar Schleif sieht kaum hoch und tippt schon auf seinem Tablet herum. „Nein, das übernehme ich!"

Zwei Stunden später sind sie wieder zurück in Bremen. Ohne Stau, aber der Regen prasselt gegen die Frontscheibe und Hans muss die Rückfahrt langsamer angehen. Als sie in Bremen ankommen, will er die Figur sofort zu Klaus von der Spusi bringen und hat sich zugleich bei den Kollegen in den Feierabend verabschiedet. Anke geht zu Udo hinüber. „Hallo Udo!" „Ach Anke, seid ihr erfolgreich zurückgekehrt?" „Nein, leider nicht. Herr Meier hängt da auch mit drin, aber ohne Beweise keine Durchsuchung." Sie nimmt sich einen Kaffee aus seiner Kaffeemaschine. „Der schmeckt ja schrecklich! Was hast du denn hier gekocht?", und schüttet alles in den Abfluss. „Um diese Zeit erwartest du doch keinen frischen Kaffee mehr", und verzieht dabei sein Gesicht. Er legt seine Brille neben seinem Laptop ab. „Habt ihr eine Ahnung, wie ihr an ein Beweisstück kommt?" „Ja, wir haben zwei Anhaltspunkte, und wenn das mit dem Meier übereinstimmt, drehen wir seinen kompletten Laden über Kopf." Vorfreude klingt in ihrer Stimme. Ihr Telefon piept. Sie sieht auf das Display. „Oh, ich muss wieder rüber ins Büro. Gunnar Schleif hat etwas beim Zoll herausbekommen." „Wie macht er sich so?" „Ach, der ist gar nicht so übel, wenn er nichts sagt", und dabei winkt sie Udo noch einmal zu. Sie verlässt das Gebäude und rennt bei dem Regen über den Hof. Ziemlich durchnässt betritt Anke das Büro. „Frau Fleur! Da sind Sie ja. Ich habe meinen Ausbilder beim Zoll angeschrieben und er hat meine E-Mail weitergeleitet zu den zuständigen Kollegen. Der hat mir gesagt, dass ein Schiff heute aus Kapstadt angekommen ist und morgen entladen wird. Dabei habe ich bei der Reederei angefragt und die hat mir die Firma Oddities bestätigt." Voller Euphorie redet Gunnar Schleif. „Der Container wird morgen verladen und wird nun in die Containerröntgenanlage an der Köhlbrandbrücke geleitet." Nicht schlecht, denkt sich Anke. „Gut gemacht Herr Gunnar Schleif und was passiert dann?" „Ähm, was soll dann passieren? Das macht ja dann der Zoll." „Vielleicht sollten wir Hamburg darüber informieren und sie können vor Ort den Prozess begleiten." „Ja, ja, das stimmt. Das werde ich jetzt noch erledigen." Anke nickt ihm zu und setzt sich noch kurz an ihr eigenes Laptop.

„Hi Klaus! Wie geht es dir?" Hans marschiert direkt in das Büro von Klaus Herber. „Hi Hans. Wenn die Kriminalkommissare uns etwas Ruhe gönnen, gar nicht so schlecht." Klaus steht auf und beide schütteln sich freundschaftlich die Hände. „Bringst du uns die Figur persönlich?" „Natürlich", und dabei stellt Hans die Holzfigur auf den Schreibtisch. „Kann man feststellen, ob in diesem Loch etwas geschmuggelt wurde? Einige Holzfiguren haben genau an der gleichen Stelle Löcher. Unser Student meint, so werden Diamanten transportiert." „Nee, Diamanten hinterlassen keine Reststoffe. Höchstens, wenn das Loch zu groß ist und es werden Beschädigungen vorgenommen am Holz, aber da die Löcher wieder verklebt sind, ist auch das nicht nachzuvollziehen." „Hmm, das wird dann schwierig werden." „Na ja, wenn es aus demselben Holz geschnitzt ist, habt ihr einen kleinen Anhaltspunkt." „Ja, aber das reicht nicht für einen Durchsuchungsbeschluss." Hans wirkt nachdenklich. „Dann können wir nur auf den Container morgen hoffen, dass dort etwas zu finden ist. Was macht eigentlich die Familie, Klaus? Gehst zu auch mit den Jungs am Wochenende zum Fußball?" „Ja, wenn nichts dazwischenkommt, schon", und dabei blinzelt er mit dem Auge. „Gut, dann sehen wir uns spätestens dort und trinken ein Bier zusammen."

„Alles klar. Liebe Grüße zu Hause." Hans hebt die Hand und macht sich auf den Weg zu seiner Familie. Anke sitzt in der Straßenbahn und der Regen rinnt an den Scheiben herunter. Kein Joggen heute Abend, wie so oft bei diesem schmuddeligen Wetter. Sie beschließt, sich einen Döner an der Ecke zu holen und den zu Hause vor dem Fernseher zu verspeisen. Wen stört schon der Knoblauchgeruch.

Als Anke am nächsten Tag um 7 Uhr ins Büro kommt, sitzt Gunnar Schleif auch schon an seinem Laptop. „Morgen", ruft sie wie gewohnt. „Guten Morgen, Frau Fleur. Heute wird es aufregend! Um 9 Uhr treffen sich die Kollegen in Hamburg an der Containerröntgenanlage. Ich hoffe so, dass sie endlich etwas finden." Gunnar Schleif hat Bilder vom Hamburger Hafen geladen. „Ja, jetzt müssen wir abwarten, dass sich endlich etwas ergibt." In dem Moment klingelt Ankes Telefon. „Fleur!" „Guten Tag, ich bin Frau Wegner von dem städtischen Reinigungsunternehmen." „Guten Tag Frau Wegner, was kann ich für Sie tun?" „Ich habe am Samstag den Artikel in der Zeitung gelesen und als wir gestern den Alttextiliencontainer hinter dem Hotel Bremer gelehrt haben, hat der Kollege von der Spätschicht mir etwas auf den Tisch gelegt." Anke wird hellhörig. „Oh und was ist es?" „Ihm ist ein Messer entgegengefallen, wo anscheinend Blut oder so etwas dranklebt." „Bitte Frau Wegner, lassen Sie alles so liegen und nichts anfassen!" „Der Kollege hat das Messer in eine Tüte gepackt, aber sie tragen hier auch Handschuhe." „Das ist auch gut so. Haben Sie den restlichen Inhalt von dem Container auch sichergestellt?" „Ja, aber die Kleidung wurde in Tüten verpackt und steht hier auf unserem Gelände. Es gibt nur ein Fahrzeug womit die Sachen transportiert worden sind", antwortet Frau Wegner. „Ich bin schon auf dem Weg zu Ihnen. Geben Sie mir schnell noch Ihre Adresse." Anke schreibt mit und sprinted auch schon los. „Los, Gunnar Schleif auf geht's. Ab zum Recyclinghof. Ich rufe Hans an. Er kann direkt dort hinkommen." Beide laufen im Schnellschritt zum Parkplatz. Sie geraten in den Berufsverkehr und Anke schimpft vor sich her. Die Fahrt dauert dadurch 45 Minuten statt 20. Auf dem Recyclinghof sind noch die Türen verschlossen. Anke hupt vor der Einfahrt. „Wir machen erst um 9 Uhr auf!", ruft eine Stimme aus einer kleinen Holzhütte. Anke steigt aus. „Ich habe jetzt einen Termin mit Frau Wegner!" „Dann fahren Sie doch einfach um das Gebäude herum. Dort ist noch eine Einfahrt", kommt es wieder aus der Hütte. „Na toll!", brummelt sie zurück und setzt sich in ihr Auto und fährt in die andere Einfahrt. Sie betreten den kleinen Bürokomplex und schauen sich suchend um. „Hallo Frau Fleur?" Anke und Gunnar Schleif drehen sich um. „Frau Wegner?", fragt Anke. „Ja, die bin ich. Guten Tag Frau Fleur?" Eine große maskuline Frau steht vor ihnen. Anke muss sogar leicht hochsehen, obwohl sie selber auch schon 1,80 m ist. „Hallo, danke für Ihren Anruf. Das ist mein Kollege Herr Schleif." Gunnar Schleif nickt leicht. „Kommen Sie mit. Das Messer liegt in meinem Büro und die Alttextilien sind in der Halle hier gegenüber", erklärt Frau Wegner. Sie gehen in ein winziges Büro mit dem Blick direkt in den

Hof. „Hier in dieser Tüte", und reicht Anke die Tüte. „Hier Herr Schleif, nehmen Sie das einmal. Das geht nachher direkt zur Spusi." „Kommen Sie ich zeige Ihnen nun die Tüten." Sie betreten den Hof und in diesem Moment kommt Hans auf den Hof gefahren. Er parkt neben Ankes Auto und steigt aus. „Morgen zusammen." „Frau Wegner, das ist mein Kollege Herr Eckhard von der Mordkommission." Mit einer charmanten Gestik begrüßt er Frau Wegner. „Vielleicht ist heute ja mal ein Glückstag", rutscht es Gunnar Schleif heraus. Anke sieht ihn ernst an. „Hier sind die Tüten, die der Kollege gestern eingesammelt hat. Der Container beim Hotel Bremer liegt ziemlich am Ende der Tour." Damit geht Frau Wegner auf einen Haufen großer weißer Säcke zu. „Ups, das sind bestimmt über 20!", ruft Gunnar Schleif. „Ja, ich denke, ich rufe die Spusi an. Wenn wir anfangen zu suchen, gibt es ein Chaos", bemerkt Hans und dabei holt er sein Handy aus der Tasche. Anke sieht sich um. Also hier kommt die ganze Kleidung aus den Containern an. „Was passiert eigentlich mit der gesammelten Kleidung?" „Die wird verkauft und dann werden Putzlappen daraus gemacht." Frau Wegner sieht, wie Ankes Gesichtsausdruck sich verändert. „Meinen Sie wirklich, hier wird getrennt und aussortiert? Nein, die Menschen werfen Abfälle in die Container oder stark verdreckte Kleidung. Natürlich gibt es auch bestimmt gute Kleidung dazwischen, aber die wird dann mit verwertet." Frau Wegner zuckt dabei mit den Schultern. „Wenn Sie wirklich gute Kleidung abgeben möchten, dann lieber an Hilfsbedürftige vor Ihrer Haustür." Das hatte Anke nicht gewusst und sie ist etwas erstaunt darüber. Sie schlendern noch gemeinsam über den Wertstoffhof und lassen sich das eine oder andere erklären bis die Kollegen von der Spurensicherung auf den Hof fahren. „Wir können dann mal gehen. Die Kollegen übernehmen nun den Rest. Sie nehmen auch das Messer mit, Herr Schleif." Hans verabschiedet sich. „Vielen Dank für Ihren Anruf. Sie haben uns damit wohl sehr geholfen", auch Anke und Gunnar Schleif verabschieden sich. „Sehen uns gleich im Büro, Hans", ruft Anke hinter ihm her. Er hebt nur die Hand und steigt in sein Auto. „Meine Eltern haben meine Klamotten immer weitergegeben und darüber bin ich jetzt froh", meint Gunnar Schleif. „Ja, das denke ich auch. Putzlappen! Unglaublich, dass hier Geld damit gemacht wird, während woanders Menschen nichts haben." Anke ist wirklich entsetzt, auch wenn die Kleidung wirklich so verdreckt ist. Aber das ist nicht ihre Baustelle. Sie muss zwei Morde aufklären und das dauert schon viel zu lange.

Als sie wieder im Büro ankommen, rennt Jan schon nervös auf und ab. „Na endlich! Geht ihr alle jetzt nicht mehr an eure Telefone? Wofür gibt es diese Dinger denn!" Anke und Hans sehen beide auf ihre Telefone und tatsächlich Jan hatte diverse SMS geschrieben. „Vielleicht solltest du dir angewöhnen anzurufen, statt Nachrichten zu schicken. Das liest man nicht beim Autofahren", kontert Anke. „Ja und Anrufe stören nicht beim Gespräch?", kommt von ihm die Antwort. „Wir sind nun hier. Was ist denn los?", fragt Hans. „Die Kollegen in Hamburg haben

Diamanten im Container gefunden!" „WAS!", rufen alle drei gleichzeitig aus und Gunnar Schleif stürzt zu seinem Laptop. „Hier ist die E-Mail aus Hamburg mit den Fotos!" Alle sehen zusammen auf den Bildschirm. Fein säuberlich dokumentiert, ist der Ablauf vom Röntgenbild, über die Öffnung des Containers bis zur Entfernung der Versiegelung an den Holzfiguren. „Jetzt haben wir ihn! Durchsuchungsbeschluss für Wolfgang Meier. Wohnhaus und Möbelgeschäft." Anke dreht gerade auf. „Ja, mache ich", ruft Jan. „Fahren wir wieder nach Hamburg?", fragt Gunnar Schleif. „Nein, das können die Kollegen dort durchführen", und Anke geht zum Flipchart. Carola kommt in das Büro. „Guten Morgen alle zusammen. Ich war gerade beim Jugendamt und habe mit den Eltern der kleinen Mia gesprochen. Sie haben zugestimmt die DNA nehmen zu lassen von der Kleinen. Ich habe jemanden hingeschickt. Damit kommen wir einen Schritt weiter." „Morgen Carola, das sind ja gute Neuigkeiten. Heute scheint es zu laufen." Dabei beginnt Anke an dem Flipchart Namen zu verändern. „Also Kaysers sind erst einmal im Hintergrund und dafür rückt Wolfgang Meier in unser Visier. Er schmuggelt Diamanten und hat wahrscheinlich ein Verhältnis mit Jana. Nehmen wir mal an, sie hat sich einen Stein abgezweigt und musste dafür sterben." Hans nickt. „Er hat bei der Oma von Jana diesen Diamanten gesucht und deshalb musste die alte Dame sterben", sagt er. Alle befürworten diese Theorie. „Aber das erklärt nicht, warum Jana nackt im Hotel lag", kommentiert Anke. „Ja, das ist schon merkwürdig." Hans überlegt. „Wir übersehen noch etwas." Dr. Kleist betritt mit seinem Kaffeebecher das Büro. „Moin ihr. Hier ist ja schon einiges los. Was gibt es?" Anke erklärt ihm den Zusammenhang. „Den Meier kann ich mir vorstellen als Mörder. Das passt mit der Kraft zusammen. Jana wurde ja noch von hinten geschlagen bevor man ihr die Kehle durchgeschnitten hat. Jana hatte keine Chance und Oma Würmer hätte jeder zum hinfallen bekommen." Dabei nimmt er einen Schluck aus seinem Thermobecher. „Also ist Meier unser Mörder?", wirft Gunnar Schleif ein. „Nein, nicht für beide Morde", kommentiert Anke. „Nehmen wir mal an, dass die Kleidung von Jana in den Altkleidercontainer geworfen wurde und mit diesem Messer hat man ihr die Kehle durchgeschnitten. Der Mörder hatte anscheinend keine Zeit, die Sachen anders zu entsorgen. Das heißt er war im Hotel. Frage, warum war Jana dort. Sie hatte diesen kleinen Zettel auf dem Beifahrersitz, dass sie in das Hotel kommen soll. Wer hat sie herbestellt?" „Wenn der Max etwas damit zu tun hat, wird es schwierig", überlegt Udo. „Nein, da bin ich nicht von überzeugt. Er war ein Spieler und warum sollte er dann die Jana umgebracht haben?", Anke starrt auf das Flipchart. „Wegen Diamanten?", alles sieht Gunnar Schleif an. Somit bleibt der Name Max Karlstedt auf dem Flipchart stehen. „Warum hat der Täter bei Hertha Würmer nicht das Haus auf den Kopf gestellt, wenn es um Diamanten geht? Der südafrikanische Rand lag noch in der Küche", überlegt Hans. „Er wurde gestört? Oder er hat gefunden, was er gesucht hat", reflektiert Anke. In diesem Moment geht die Tür auf. „Morgen, alle zusammen", ruft

Erwin Leibold. „Wie sieht es jetzt aus? Mein Telefon steht nicht mehr still und ich muss euch hier alle immer verteidigen. Warum gibt es keine Ergebnisse?" Der Chef der Abteilung steht mit beiden Händen in der Seite mitten im Raum, umringt von einem Zigarrengeruch. „Wir sind auf der Zielgeraden, Klaus. Denke, wir werden den Fall diese Woche noch aufklären. Kannst deine Leute also beruhigen. Wir sitzen nicht in der Ecke und trinken nur Kaffee", setzt Hans entgegen. „Ich will es hoffen. Sonst müssen wir hier mal ein ernstes Wort reden! Also an die Arbeit." Damit dreht er sich herum und verlässt den Raum. Nur der Zigarrengeruch bleibt. „Oh Mann, da hat aber einer schlechte Laune", äußert Jan und geht wieder zurück an seinen Platz vorne im Eingangsbereich. „Er hat ja recht! Wir hängen diesmal wirklich zurück, aber das wird sich ändern. Was kommt als Nächstes?" Hans sieht Anke an. In diesem Moment klingelt sein Telefon und er sieht, dass die Spusi anruft. „Hallo Klaus, hast du etwas herausgefunden? Danke für deine Arbeit. Da hast du dir ein Bier mehr am Wochenende verdient. Bis dann", und legt auf. „Also die Spusi hat das Messer als Tatwaffe identifiziert und sie haben einen Wollpullover auf dem Recyclinghof gefunden, der mit der Faser aus dem Hotelzimmer zusammenpasst. Das erst einmal mündlich, da sie noch einige Test durchführen müssen." „Endlich! Es geht voran. Das heißt wir brauchen jetzt nur noch die DNA abzugleichen" erklärt Carola. „Also ist Jana bekleidet in das Hotel gegangen. Aus irgendeinem Grund hat sie sich ausgezogen und ist nackt über den Flur spaziert. Das passt aber auch nicht mit Diamanten zusammen", und dabei blickt Anke auf Gunnar Schleif. „Vielleicht ist sie vor ihrem Täter weggelaufen?", sagt er. „Wahrscheinlich und der Täter ist hinterher. Hat sie eingeholt und von hinten angegriffen. Danach musste er die Kleidung holen und entsorgen. Aber warum hat er die nicht liegen gelassen, wenn schon der tote Körper auf dem Boden liegen bleibt?", hinterfragt Udo. „Wir haben nun ein paar Details. Hans und ich fahren nach Stuhr und sprechen noch einmal mit dem Hundebesitzer. Gunnar Schleif begleitet die Kollegen in Hamburg online. Die Kollegen haben jetzt den Durchsuchungsbeschluss vorliegen und können alles auf den Kopf stellen. Carola bleibe an dieser DNA dran. Kann mir einer ein Foto von Herrn Meier ausdrucken?" Gunnar Schleif druckt ihr das Bild unmittelbar aus und drückt es ihr in die Hand. Anke nimmt ihren Autoschlüssel und die beiden gehen zusammen Richtung Auto. „Anke, ich weiß jetzt gerade nicht, warum wir noch einmal nach Stuhr fahren." „Ich möchte den Schröders und dem Hundebesitzer das Foto von Herrn Meier zeigen. Vielleicht hat ihn jemand in der Straße gesehen." Hans nickt, während sie in das Auto steigen. Sie fahren wieder über die Bundestraße nach Stuhr und Anke erinnert sich an den Raser, der sie hier überholt hat. Als erstes steuern sie direkt zu Herrn Walter. Er steht gerade im Vorgarten und leint seinen Hund an. „Hallo Herr Walter! Wollen Sie eine Runde mit Ewald drehen?", Anke bleibt vor dem Gartentor stehen. „Hallo die Frau von der Kriminalpolizei. Ja, Ewald geht es nicht so gut und ich gehe jetzt die Tage gerade dreimal täglich mit ihm raus", kommt die Antwort von

Herrn Walter. „Oh, das tut mir aber leid für Ihren Hund." „Ach, das wird schon. Wir haben alle mal schlechte Tage. Sie sind bestimmt nicht hierhergekommen, um mit mir über Ewald zu sprechen", lächelt der freundliche alte Herr. „Nein, nein, natürlich nicht. Meinen Kollegen Herrn Eckhard kennen sie ja auch bereits." Herr Walter nickt Hans zu. „Ich habe hier ein Foto und wüsste gerne, ob Sie diesen Mann hier schon einmal gesehen haben." Anke gibt ihm das Bild. Herr Walter sieht es sich lange an. „Ja,ja", brummelt er. „Ja, den habe ich hier gesehen", sagt er bevor Anke etwas fragen kann. „Genau, das muss dieser Mann mit dem Auto aus Hamburg gewesen sein." Anke und Hans reißen beide zugleich die Augen auf. „Wie kommen Sie auf Hamburg?", fragt Hans. „Hier bei mir stand ein blauer Mercedes vor der Tür und ich habe auf das Nummernschild geblickt. Das war ein HH-Kennzeichen, aber mehr weiß ich auch nicht mehr. Ich hatte mir gedacht, dass der Fahrer bestimmt hier bei den Nachbarn ist." Dabei zeigt er auf das Haus nebenan. „Haben Sie den Mann auch gesehen?", erkundigt sich Anke. „Natürlich, als ich mit Ewald rausging stand der Herr an seinem Auto und ich grüßte ihn noch freundlich. Er erwiderte aber nichts und fuhr einfach so davon." „Herr Walter, das ist wirklich wieder sehr hilfreich. Sie hätten in Ihrem früheren Leben zur Polizei gehen sollen", reagiert Anke. „Oh nein! Das wäre nie etwas für mich gewesen. Ich bin eher ein Buchhalter. War das alles? Ich glaube, Ewald muss mal." „Eins noch. Würden Sie das aussagen und unterschreiben?" „Ja, doch. Warum nicht." „Ja, vielen herzlichen Dank und passen Sie mir gut auf Ewald auf", und dabei tätschelt Anke noch den Kopf des Hundes. „Ja, mache ich. Auf Wiedersehen", und Herr Walter geht die Straße hoch. Anke nimmt ihr Telefon zur Hand und wählt die Nummer von Jan Wiemer. „Du, Jan, kannst du mal nachsehen, was Herr Meier für ein Auto fährt?... Ja, jetzt." Sie behält das Handy am Ohr. „Ah ja, das ist gut. Wir haben eine Zeugenaussage, dass der Meier hier gewesen ist. Den Rest klären wir im Büro. Danke und Tschüss." Sie legt auf und dreht sich zu Hans um. „Also unser Herr Meier fährt einen blauen SLK mit dem Kennzeichen HH-WM 111. Wenn das mal kein Zufall ist! Dieser Scheißkerl belügt uns, wo er nur kann." „Nicht mehr lange. Jetzt ist die Beweislage schon sehr erdrückend. Lass uns noch eben bei den Schröders klingeln und dann setzen wir Herrn Meier mal auf den Pott." Sie fahren ein paar Häuser wieder zurück und klingeln bei den Schröders. Herr Schröder öffnet die Tür. „Guten Tag! Kommen Sie doch bitte herein. Gibt es etwas Neues von dem Mord an unserer Nachbarin? Wir fühlen uns seitdem hier nicht mehr so sicher." „Guten Tag Herr Schröder, ja wir sind schon etwas weitergekommen. Sie müssen aber keine Angst haben. Es ist kein Serienmörder", sagt Hans beim Hineingehen ins Haus. Frau Schröder kommt aus der Küche. „Die netten Menschen von der Polizei", staunt sie. „Hallo Frau Schröder", ruft Anke. „Bitte kommen Sie hier herein", und dabei öffnet sie die Tür zum guten Wohnzimmer. „Möchten Sie etwas trinken?" „Nein, danke. Wir möchten Ihnen nur eben ein Foto zeigen", und dabei holt Anke das Bild von Herrn Meier hervor. „Oh", rutscht es aus Frau Schröder raus.

„Den haben wir doch letzte Woche hier gesehen", und dabei zeigt sie das Bild ihrem Mann. „Ja, ja, der lief hier die Straße lang. Ich kam gerade aus der Haustür, als ich diesen Mann sah. Ich dachte erst, der kommt von unserer Hertha, aber sie war nicht an der Tür zu sehen. Ist das der Mörder von Hertha?" Angst klingt in ihrer Stimmlage. „Das wissen wir noch nicht. Sie sind sich aber beide sicher?" „Natürlich! Fremde Personen hier in der Straße fallen schon auf", informiert Herr Schröder. „Danke für Ihre Auskunft. Damit kommen wir einen Schritt weiter. Wir wollen Sie auch nicht länger stören. Vielen Dank", und dabei erheben sich Anke und Hans. Sie verabschieden sich von den beiden und gehen zurück zum Auto. „Damit ist Herr Meier einwandfrei identifiziert. Er war also hier in der Straße. Dann lass uns jetzt zurückfahren ins Büro." Anke setzt sich auf die Fahrerseite und Hans wählt die Telefonnummer von Erwin Leibold. „Hallo Erwin, Hans hier. Wir kommen gerade zurück aus der Stuhrreihe und die Nachbarn Herr Walter und die Familie Schröder haben den Wolfgang Meier auf dem Foto erkannt." Ein paarmal kommt ein hmm hmm. „Ja, er hat das Auto beschrieben, mit dem Hamburger Kennzeichen. Kannst du veranlassen, dass Herr Meier zu uns gebracht wird?" Wieder ein paar hmm, hmm. „Danke und ja, wir sind auf dem Rückweg." Hans legt auf. „Na, nach deinem ganzen hmm hmm zu urteilen, war er nicht einverstanden", meint Anke. „Nein, wie auch. Seine Aussage: Wehe es sind keine festen Indizien ansonsten rollen Köpfe und so weiter, aber das kennen wir schon lange genug und mich stört es nicht mehr."

Hans´ Handy brummt. Eine SMS leuchtet auf seinem Telefon auf. „Na, schreibt Jan wieder?", bemerkt Anke. „Nein, die ist von unserem Chef. Wolfgang Meier ist auf dem Weg zu uns." „Oh, das ging jetzt aber schnell. Dann sollten wir noch etwas zu Essen mit ins Büro nehmen. Es wird wohl ein langer Tag", stellt Anke fest. Sie halten noch an der Pizzeria Mario eine Straße vom Büro entfernt und holen vier Pizzen. „Carola wird wohl schon wieder weg sein, wenn wir eintreffen", bemerkt Hans neidvoll. „Ich merke schon, das wäre dein Traum." Anke kann es sich nicht verkneifen. „Ja, stell dir vor. Leider in unserem Job nicht möglich, aber ich hätte mehr Zeit für die Familie. Vielleicht sollte ich das mal ansprechen." „Wie willst du das machen? Mitten im Verhör aufstehen und sagen, ich habe dann mal Feierabend?" Anke schüttelt mit dem Kopf. „Nein, aber vielleicht eine Art Stundenkonto aufbauen und nach einem Fall einfach ein paar Tage zu Hause bleiben", überlegt Hans. „Und dann kannst du Wenke arbeiten schicken, um den Lohnausfall auszugleichen", entgegnet Anke. „Stimmt, was für eine blöde Idee und die Familie wäre wieder nicht komplett."

Mit dampfender Pizza treffen sie im Büro ein. Wie angenommen, ist Carola schon wieder weg. Jan Wiemer, Gunnar Schleif, Hans Eckhard und Anke Fleur bereiten das Verhör vor und essen dabei die Pizzen, als eine neue E-Mail auf Ankes Telefon erscheint. Sie öffnet die E-Mail. „So, nun gibt es kein Zurück mehr. Wolfgang Meier ist der Vater von der kleinen Mia! Ein Ergebnis, das zu 99%

übereinstimmt. Nun haben wir unseren Mörder!"
„Endlich!", ruft Gunnar Schleif. „Diamantschmuggel
und ein gemeinsames Kind, da passt einfach alles
zusammen!" Alle stimmen ihm zu. „Hoffentlich
bringt er gleich seinen Anwalt mit", meint Jan dazu.
Erwin Kleibold betritt das Büro. „Guten Appetit
zusammen. Der Herr Meier ist in einer halben Stunde
hier. Ich hoffe, dass Sie nun mehr haben als den
Diamantschmuggel. Das hätten die Hamburger
Kollegen auch alleine hinbekommen." Dabei sieht er
mürrisch in die Runde. „Das hat mich zwar nur einen
Anruf gekostet, aber ich erwarte jetzt Ergebnisse.
Morgen muss ich wieder vor die Presse treten!" „Ja,
Herr Kleibold, wir haben Ergebnisse. Die Aussage
von Herrn Walter, den Schröders und nun die
Übereinstimmung der DNA. Der Haftbefehl liegt
schon vor und inzwischen kann er erweitert werden
auf Mord", kontert Anke. „Dann kann man also
gratulieren?", fragt Kleibold. „Nein Erwin, damit
warten wir noch. Wir bekommen von der
Spurensicherung noch den Abgleich des Pullovers
und des Messers aus dem Kleidercontainer. Wenn
das auch noch auf Wolfgang Meier hinweist, dann
kannst du uns gratulieren", bemerkt Hans. „Dann
erledigt die restlichen Aufgaben. Die Pizza geht auf
meine Kosten. Ihr werdet heute einen langen Tag vor
euch haben", und damit verlässt Kleibold wieder das
Büro. „Ja, kannst du der Spusi mal auf die Füße
treten? Wir brauchen die Ergebnisse
schnellstmöglich. Wenn du etwas hast, schicke es
Gunnar Schleif. Er hat sein Tablet dabei", Anke
spricht mit vollem Mund und stopft sich dabei noch

das letzte Stück Pizza in den Mund. „Das Stück schmeckt jetzt besonders gut, wenn Chef bezahlt", sagt sie mit vollem Mund.

Anke, Hans und Gunnar Schleif gehen zum Verhörraum 1. Sie haben den Hinweis erhalten, dass Herr Meier nun eingetroffen ist. Anke öffnet die Tür und alle betreten nacheinander den Raum. „Hallo Herr Meier, so schnell sehen wir uns wieder." Sie sieht, dass der Anwalt auch neben Herrn Meier sitzt. Sie schaltet das Mikrofon an und erwähnt den Tag, die Uhrzeit und die Namen aller Beteiligten. „Herr Meier, die Rechte wurden Ihnen schon von den Kollegen erklärt." Kaum hatte Anke das ausgesprochen, springt Wolfgang Meier auf. „Was soll das hier alles? Warum bin ich nicht in Hamburg? Ich wusste nichts von den Diamanten in dem Container!" Der Anwalt bittet darum, dass er sich wieder hinsetzt. „Herr Meier", beginnt Hans.

„Sie wissen nicht, dass der van der Merwe Diamanten in den Holzfiguren versteckt hat?"

„Nein, das weiß ich nicht."

„Sie wissen auch nicht, dass die Figuren in Ihrem Geschäft kleine Löcher vorweisen, wo die Diamanten versteckt worden sind?"

„Nein, woher denn auch."

„Wer entlädt den Container, nachdem er in Hamburg angekommen ist?"

„Ich habe die Firma Stroffel damit beauftragt."

„Dann denken Sie, dass es jemand von der Firma sein muss, der die Diamanten aus der Figur holt und die Löcher wieder verschließt?"

„Ja natürlich!"

„Herr Schleif, würden Sie bitte Herrn Wiemer eine Nachricht senden, dass er die Firma Stroffel kontaktieren soll um abzuklären, wie der Vertragsabschluss aussieht?", sagt Hans. Gunnar Schleif nickt und tippt auf seinem Tablet herum.

„Herr Meier, Sie sagten ja schon in Hamburg, dass Sie kein Verhältnis mit Jana Würmer hatten." Herr Meier nickt. „Könnten Sie es bitte lauter sagen?", bemerkt Hans.

„Nein, ich hatte kein Verhältnis mit dieser Jana", dabei zeigt er keinerlei Regung in seinem Gesicht.

„Wir haben die DNA der Tochter von Frau Jana Würmer mit Ihrer DNA abgeglichen." Anke sieht ein Zucken im Gesicht von Wolfgang Meier. Der Anwalt erhebt sich. „Woher haben Sie die DNA von meinem Mandanten?", fragt er. „Von dem Wasserglas bei Ihrer ersten Befragung in Hamburg", rechtfertigt Anke sich. „Sie wissen, dass es Ihnen nicht zustand, ohne einer Kenntnis unsererseits?" „Sie wissen, dass mir das eigentlich egal ist!" Anke ist stocksauer. Der Beruf eines Anwalts ist der schlimmste Beruf, den es gibt. Einen Mörder zu decken. Sie fährt fort. „Die kleine Mia ist jedenfalls zu 99% Ihre Tochter und nun sagen Sie uns, dass Sie kein Verhältnis mit Jana Würmer hatten. Glauben Sie eigentlich, dass Sie uns so an der Nase herumführen können?" Das Gesicht von Wolfgang Meier läuft rot an und die Augen werden zu kleinen Schlitzen. Seine Reaktion zeigt, dass sie in die Wunde gestochen hat.

„Herr Meier, außerdem haben wir drei Zeugen, die Sie in der Stuhrreihe gesehen haben. Was haben Sie dort gemacht?" Keine Reaktion kommt von ihm. Anke sieht ihn durchdringlich an und fragt sich, wie lange er das Lügengerüst noch aufrechterhalten kann. „Herr Meier? Haben Sie meine Frage verstanden?" Nichts, weiterhin Schweigen. Auch sein Anwalt sieht ihn an. Wie aus dem nichts heraus bricht Wolfgang Meier zusammen. Er fängt an zu weinen und verbirgt sein Gesicht hinter seinen Händen. „Ich war es nicht! Ich habe Jana nicht umgebracht! Ich schwöre es Ihnen!" Er schluchzt und wimmert. „Herr Meier, wer war es dann?", kommt die Frage von Hans. „Ich weiß es nicht. Wirklich!" „Warum war Jana Würmer im Hotel?" „Ich habe keine Ahnung! Ich wusste nicht, dass sie im Hotel ist. Wir haben uns das letzte Mal in Kapstadt gesehen. Sie sagte mir, dass sie schwanger ist. Ich bin total ausgeflippt und habe ihr gesagt, dass ich das Kind nicht anerkennen werde. Ich bin glücklich verheiratet und wollte nicht meine Ehe mit so einem Ausrutscher zerstören." Der Anwalt reicht ihm eine Packung Taschentücher. „Was ist dann passiert", Hans sieht ihn dabei an. „Jana wollte das Kind unbedingt haben. Sie sagte, sie liebt mich und wir wären eine perfekte Familie. Nein, ich wollte es nicht. Wir haben schrecklich gestritten und ich habe sie vor die Tür gesetzt. Sie schrie noch, dass ich das bereuen werde. Danach war sie weg und ich habe sie nicht wiedergesehen."

„Hatten Sie dann angenommen, damit wäre die Sache mit der Schwangerschaft erledigt?"

„Ja, irgendwie schon."

„Was meinte Jana damit, das werden Sie bereuen?"
Keine Antwort erfolgt von Herrn Meier. Er zuckt nur
mit den Schultern.

„Herr Meier, mit Schulterzucken kommen wir nicht
weiter", erklärt Anke.

„Ich weiß nicht, was sie damit gemeint hat."
Gunnar Schleif steht auf und legt Anke sein Tablet
hin. Anke liest schnell die Zusammenfassung von Jan
über die Firma Stroffel und gibt Gunnar Schleif sein
Tablet zurück. „Wie ich hier gerade gelesen habe,
besteht ein Vertrag zwischen Ihnen und der Firma
Stroffel zum Entladen der Container und direkte
Anlieferung in Ihr Möbelhaus. Die Mitarbeiter sind
angewiesen worden, keine Verpackungen zu öffnen.
Das ist schriftlich von Ihnen festgelegt. Nun sagen Sie
uns, dass Sie nichts mit dem Diamantschmuggel zu
tun haben. Dass glaubt Ihnen kein Richter." Herr
Meier sitzt zusammengesunken auf seinem Stuhl.
Seine roten Augen glänzen und seine Hände zittern.
„Ja, ich bin daran beteiligt. Herr van der Merwe
informiert mich, in welchen Figuren die Diamanten
sind. Ich packe sie dann selber aus und öffne das Loch.
Einer meiner Mitarbeiter muss die Löcher wieder
schließen. Er weiß nichts von dem Inhalt. Ich sagte
ihm, dass kann einfach passieren bei einer Lieferung
aus Südafrika."

„Hat Jana von den Diamanten gewusst?" Anke hofft
nun endlich auf ehrliche Antworten. In diesem
körperlichen Zustand kann Herr Meier seine Lügen
nicht aufrechthalten.

„Ja, hat sie. Sie kam einmal zufällig dazu, als wir eine
Figur verschlossen haben."

„Hat Jana Sie damit erpresst?"

„Ja, hat sie. Ich sollte das Kind anerkennen, aber ich habe mich geweigert."

„Jana hat in ihrem Zimmer auch eine Figur mit diesem Loch stehen gehabt. Hat sie für Sie geschmuggelt?"

„Nein! Aber nachdem sie eingeweiht war, hat sie sich in Kapstadt darum gekümmert. Es lief auch alles sehr gut, bis sie schwanger wurde. Sie wurde sensibel und wollte auf jeden Fall eine Familie." Kein Wunder, denkt sich Anke. Sie wollte einfach eine intakte Familie, die sie noch nie gehabt hatte. „Wussten Sie, dass Janas Opa gestorben ist?", fragt sie deshalb.

„Ja, da ist Jana sofort nach Deutschland geflogen. Sie hat bei meinem Partner gekündigt."

„Hat Jana dabei einen Diamanten von Ihnen entwendet?"

„Das weiß ich nicht."

„Herr Meier, was haben Sie in Stuhr bei Hertha Würmer gesucht?"

„Ich war noch nie dort."

„Doch, das waren Sie. Die Nachbarn haben sie gesehen, wie Sie das Haus betreten haben", diesmal kommt die Lüge aus dem Mund von Hans.

„Ich, ich…" Tränen treten in die Augen von Herrn Meier. „Ich wollte die alte Dame nicht umbringen! Sie ist gefallen."

„Nachdem Sie sie gestoßen haben!"

„Ja, das habe ich. Daraufhin ist sie hingefallen und ich bin gegangen. Ich habe sie nicht umgebracht. Sie lebte noch, als ich das Haus verlassen habe."

„Zu diesem Zeitpunkt schon, aber leider ist sie dann langsam an ihren Verletzungen gestorben. Haben Sie die Diamanten gesucht?"

„Jana hatte sich ein paar Steine angeeignet. Ich wollte sie im Haus suchen, aber die alte Frau kam dann von draußen herein, als ich gerade im Wohnzimmer war. Sie schlug mich mit ihrem Gehstock und ich habe mich einfach nur gewehrt. Dabei ist sie gefallen. Ich bin dann voller Panik aus dem Haus gelaufen und habe nichts mehr angefasst. Ich bin kein Mörder!" Damit war auch klar, warum das Haus nicht durchsucht worden ist. Herr Meier hätte sonst auch das Ultraschallbild gefunden.

„Wir machen hier eine kleine Pause." Anke stellt das Mikrofon aus und sie geht mit Hans und Gunnar Schleif raus in den Nachbarraum. „Somit haben wir den Mörder von Frau Würmer, aber noch nicht von Jana. Ich denke nicht, dass er das gewesen ist", meint sie. „Und wo sind die Diamanten geblieben, die sie mitgenommen hat?", fragt Gunnar Schleif. Hans überlegt. „Wir haben nichts gefunden, aber, wenn sie die Diamanten gar nicht mit herausgenommen hat aus Südafrika, würde das den südafrikanischen Rand in der Küche erklären." „Ja, genau das ist es! Sie hat die Dinger schon dort vertickt und ist nur mit dem Geld hergekommen", ruft Gunnar Schleif begeistert. Anke und Hans holen sich einen Kaffee, während Gunnar Schleif über seinem Tablet hängt. Als sie zurückkommen, ist Gunnar Schleif schon ganz hektisch. „Die Spurensicherung hat sich gemeldet! In dem Wollpullover von Jana haben sie einen abgebrochenen Fingernagel und ein langes blondes

Haar gefunden. Das gehört nicht zu Wolfgang Meier. Das Blut an dem Messer ist eindeutig von Jana und noch ein anderes Blut klebt daran fest. Die Fingerabdrücke sind von Herrn Meier auf dem Griff. Wie immer, ist das nur ein Vorbericht, weil Herr Wiemer so gedrängelt hat." Anke sieht Hans an. „Denkst du auch das, was ich denke?" Hans nickt. Gunnar Schleif sieht von dem einen zum anderen. „Ich nicht", sagt er unbeholfen. „Dann überlegen Sie doch einmal, wer einen Grund gehabt hätte, Jana umzubringen?", fragt Anke ihn. Gunnar Schleif überlegt. „Van der Merwe?" Anke fängt an zu lachen. „Ja, vielleicht auch er, aber hat der Mann blonde Haare?" „Woher soll ich das wissen?", antwortet Gunnar Schleif fragend. „Genau, wir auch nicht. Wer würde sonst etwas dagegen haben können?" Er überlegt. „Ja genau! Ich weiß es nun. Die Frau von Meier! Sie hat blonde lange Haare!" Blitzmerker denkt sich Anke. „Jan soll den Richter informieren. Wir brauchen einen Haftbefehl. Auch, wenn es sich hierbei NUR um ein Haar dreht. Das passt alles zusammen." Anke ist euphorisch. „Meinst du, Frau Meier hatte einen Helfer? Sie hat das ganze Hotel lahmgelegt", Hans ist noch nicht ganz überzeugt. „Herr Schleif, wir brauchen alles von Yvonne Meier. Was hat sie vor dem Sportstudio gemacht und schauen Sie mal in den sozialen Netzwerken nach, wo Sie ihre Fingernägel machen lässt." Anke sieht Hans verdutzt an. „In den sozialen Netzwerken?" Er lacht. „Ja Anke. Ich habe eine Tochter und sie postet ihr super tolles Leben auf einer der Plattformen. Ich komme jetzt nicht auf den Namen." „Instagram oder

Snapchat", kommt von Gunnar Schleif. „Genau auf Snapchat ist sie. Die Yvonne ist so viel jünger als ihr Ehemann und ich denke, auch sie wird in den sozialen Medien aktiv sein." „Ja, macht sie. Zumindest hat sie einen Account auf Snapchat, sehe ich hier. Ich bin dort auch angemeldet." Beide Kommissare starren ihn an. „Nein, nein! Ich poste dort nichts", ergänzt Gunnar Schleif. „Dann schicken Sie das zur IT. Sie sollen sich das Konto einmal genauer ansehen." „Schon erledigt!" Alle drei betreten wieder den Verhörraum. Herr Meier ist mittlerweile durchgeschwitzt und sie nehmen einen leichten unangenehmen Schweißgeruch war. Anke drückt die Taste am Mikrofon.

„Herr Meier. Was macht Ihre Frau gerade?", beginnt Anke das Verhör.

„Ich nehme mal an, dass sie sich Sorgen um mich macht."

„Das stimmt vielleicht. Vielleicht macht sie sich auch Sorgen um sich selbst?"

„Wie meinen Sie das?" Herr Meier ist anscheinend etwas irritiert.

„Haben Sie im Hotel eine Veränderung an Ihrer Frau wahrgenommen?"

„Nein, warum sollte ich auch?"

„War Ihre Frau aufgeregt oder nervös?"

„Nein, davon habe ich nichts gespürt. Warum fragen Sie das?"

Anke übergeht diese Frage. „Was hat Ihre Frau vor Ihrer Zeit im Fitnessstudio beruflich gemacht?"

„Sie war bei irgendeiner Firma, die Daten verarbeitet hat."

„Was für Daten?"

„Da ging es um personenbezogene Daten. Soviel ich noch weiß."

„Da ist sie dann weggegangen und hat als Fitnesstrainer gearbeitet?" Anke sieht eine Reaktion bei Herrn Meier.

„Wie kommen Sie denn darauf? Sie hat nie als Fitnesstrainerin gearbeitet. Sie hat die Sicherheitsvorkehrungen für eine Fitnesskette koordiniert."

Hans und Anke werfen sich einen kurzen Blick zu. Gunnar Schleif steht auf und schiebt wieder sein Tablet zwischen die beiden. IT-Studium Yvonne Meier geb. Klärich Schwerpunkt: Cyber Security steht auf dem Display.

„Herr Meier", beginnt Hans. „Ihre Frau hat ein Studium mit dem Schwerpunkt Cybersicherheit studiert. Das ist kein einfacher Studiengang und dafür bekommt man nur eine Zulassung mit einem Numerus clausus." Herr Meier sieht auf seinen Anwalt. Dieser nickt.

„Was genau sie studiert hat, weiß ich nicht. Das war vor unserer Zeit. Sie hat etwas in dem IT-Bereich studiert. Ich habe keine Ahnung von Computern, und wenn ich mit irgendetwas Probleme habe, dann hilft sie mir. Ich verstehe aber gerade Ihre Frage nicht. Was hat Yvonne hier mit dem Ganzen zu tun?"

Herr Meier wirkt wirklich etwas ahnungslos, stellt Anke fest. Hans führt das Verhör fort.

„An dem Abend im Hotel war Ihre Frau da irgendwann einmal außerhalb Ihres gemeinsamen Zimmers?" Herr Meier denkt nach.

„Nein, nicht soviel ich weiß. Ich bin dann aber schlafen gegangen, wie Sie schon wissen."

„Das stimmt. Herr Meier, würden Sie Ihrer Frau zutrauen, dass sie Jana Würmer eiskalt ermordet hat?" Schweigen. Herr Meier verliert seine ganze Gesichtsfarbe. Seine Augen stechen regelrecht hervor und sein Mund klappt auf. „Nein!", ruft er hysterisch. „So etwas macht meine Yvonne nicht!"

Der Anwalt geht dazwischen. „Haben Sie eine Beweislage oder sprechen wir hier nur von einer Vermutung?"

„Wir würden die Fragen nicht stellen, wenn wir nicht auch eine Grundlage dafür hätten. Herr Meier, würde Ihre Frau das auch nicht aus Eifersucht machen?", fragt Anke.

„Nein, warum auch. Sie wusste nichts von meiner Beziehung in Kapstadt. Sie kann manchmal sehr impulsiv sein, aber sie würde doch niemanden umbringen!" Herr Meier ist sehr empört über diese Beschuldigung.

„Sind Sie sich da sicher? Es scheint so, dass Ihre Frau in Bezug auf Internettechnik sehr fundiert ist und in einem Hotel mal eben alles stilllegen könnte." Herr Meier starrt Anke an. Sein Blick ist dabei leer.

„Sie bleiben heute über Nacht hier und Ihre Frau ist auch auf dem Weg zu uns. Sie sind also nicht alleine heute Nacht in diesem Gebäude", Anke konnte sich diese Bemerkung nicht verkneifen. Die Drei stehen auf und verlassen zusammen den Raum. Sie gehen wieder rüber in das Büro. „Bis Frau Meier hier eintrifft, suchen wir jedes Teil über sie heraus. Jetzt darf uns kein Fehler unterlaufen", äußert Hans. Die

Anspannung ist groß. Endlich könnte der Fall gelöst werden. „Ich frage mich, warum ein Mann eine solch intelligente Frau nicht arbeiten lässt. Sie muss sich doch sehr gelangweilt haben."

„Anke, ich habe mal die Telefonnummern von Wolfgang Meier geprüft." Jan legt eine lange Liste von Anrufern vor ihr hin. „Die Nummer von Jana Würmer wird in den letzten 8 Wochen nicht aufgeführt, aber hier", und er tippt auf einen Text. „Es wurde nie eine SMS geschrieben, außer diese eine und nun sieh dir das Datum an." Anke liest die SMS: Erwarte dich morgen im Hotel Bremer. Parke dein Auto in der Tiefgarage und komme um 23 Uhr in die Suite 31. Ich will dich für immer! Ziehe dich doch schon mal aus. Ich komme dann zu dir. WM „Das Datum ist einen Tag vor dem Mord. Deshalb hat sie den Zettel auf dem Beifahrersitz liegen gehabt." „Und es würde ihren nackten Körper erklären", kommt von Udo, der sich gerade über Anke beugt. „Mann Udo! Hast du mich erschrocken", schreit Anke auf. „Nächstes Mal ist dein Kaffee in meinem Nacken!" „Mensch, Anke, beruhige dich. Das war doch nicht so gemeint." „Ja, ist ja schon gut. Das könnte wirklich einiges erklären, aber warum liegt sie dann in der 2. Etage und nicht in der Suite?" „Wenn dich jemand umbringen will, ist es, glaube ich, egal, ob man nackt ist. Hauptsache, du rennst erst einmal weg." „Ja, das könnte so sein. Ich glaube nicht, dass der Meier diese SMS geschrieben hat. Er hat ja selber gesagt, dass er keine Ahnung von diesen neuen Multimedia-Geräten hat. In seinem Verlauf hat er vorher noch keine verschickt." Hans überlegt und geht wieder auf und ab. „Nehmen wir mal an, dass diese Yvonne die SMS geschrieben hat, und ist dann nachts hoch zur Suite 31. Herr Meier hat mit seinen Ohrenstöpseln geschlafen. Jana hat die Yvonne Meier gesehen und ist weggelaufen bis in die 2. Etage. Yvonne Meier hat sie eingeholt und ermordet." „Dann haben wir immer noch das Problem, dass sie unerkannt in das Hotel gekommen ist und das ist laut Aussage von Max so gut wie unmöglich. Außerdem gab es noch einen späteren Schrei, nachdem Max die Leiche gesehen hat", führt Anke weiter aus. „Ja, das ist schon merkwürdig." Jan steht in der Tür. „Ich habe die Information erhalten, dass Frau Meier in 45 Minuten hier sein wird. Der Anwalt von Herrn Meier wird auch bei der Befragung von Frau Meier zugegen sein." Damit dreht er sich wieder um und geht zurück an seinen Schreibtisch. „Also, wir haben noch eine Stunde, um alles zusammenzutragen. Gunnar Schleif, versuchen Sie alles in den sozialen Medien rauszufiltern, was Frau Meier so dort gemacht hat", bestimmt Anke. „Ich habe meiner Frau eine Nachricht geschrieben, dass es heute spät wird. Es kam ein Daumen hoch als Antwort", informiert Hans die Kollegen. Anke schüttelt den Kopf. „Wenn du so weiter machst, bist du auch bald so ein Swaggernaut und ich schon sozialtot." Hans starrt Anke an. „Was bin ich?" Gunnar Schleif muss lachen. „Frau Fleur, woher haben Sie diese Wörter?" „Google sagt einem doch alles, auch wenn ich mich sonst wirklich nicht viel im Internet rumtreibe." „Muss ich das jetzt auch googeln oder hilfst du mir auf die Sprünge." Anke lacht. „Ja, ja, dann bist du noch nicht eine coole Person und ich bleibe weiterhin alt. So, nun aber Spaß beiseite.

Wir haben gleich ein wichtiges Verhör." „Wir haben jetzt das Haar und die Hamburger Kollegen haben auch einige Spuren aus dem Haus der Meiers. Wenn wir einen Abgleich machen, wissen wir, ob es das Haar von Yvonne Meier ist", stellt Hans fest. „Ja, das stimmt, aber leider dauert das zu lange. Wir müssen pokern und erst einmal so tun, als ob das schon feststeht. Außerdem achtet auf ihre Nägel. Vielleicht ist einer noch abgebrochen?", wirft Anke in den Raum. Anke steht vor dem Flipchart und starrt auf das erste Gerüst, das sie dort festgelegt hatten. Sie nimmt den Schwamm und wischt die Kaysers weg. Sie zieht eine Verbindungslinie zwischen Yvonne Meier und Jana Würmer und eine Linie zwischen Wolfgang Meier und Hertha Würmer. Hat das Ehepaar tatsächlich, ohne es voneinander zu wissen, die beiden umgebracht? Was wäre das für ein Zufall? Udo und Hans treten neben sie. Udo schlürft weiterhin an seinem Thermobecher und Hans nimmt den Stift. Er zieht wortlos eine gestrichelte Linie zwischen Max Karlsteht und Yvonne Meier. Alle nicken zustimmend. „Ich habe hier ein Like von Yvonne Meier bei einem Nagelstudio in Hamburg gefunden", bemerkt Gunnar Schleif. „Auf der Seite des Nagelstudios hat sie Bilder gepostet. Sie hat sich bedankt für die gute Arbeit mit einem Foto von ihrem abgebrochenen Fingernagel. Wenn ich auf das Foto sehe, muss es der rechte Zeigefinger gewesen sein." Alle sehen Gunnar Schleif über die Schulter. „Wie blöd muss man eigentlich sein, so etwas zu posten?", erkundigt sich Anke. „Die jungen Leute verstehen wir nicht mehr, außer man hat selber noch Jugendliche davon zuhause", und dabei grinst Udo den Hans an. „Die Kinder sehen das Netz nicht mehr als Bedrohung. Wenn ich meine Kids frage, warum sie alles posten, bekomme ich die Antwort, dass sie doch nichts zu verbergen haben. Wir haben schon so viele Diskussionen darüber geführt, dass ich es aufgegeben habe. Mensch Papa, heißt es, rege dich doch nicht so auf. Das machen doch alle so. Was soll ich da noch zu sagen, wenn ALLE das so machen." „Sie werden sich vielleicht später darüber ärgern", äußert Anke ihre Bedenken. „Vielleicht oder es ist irgendwann wirklich egal. Wir werden die Generation nicht verändern können." Hans geht zurück an den Laptop und fängt an über die Firma zu recherchieren, in der Frau Meier vor ihrer Zeit im Fitnessstudio gearbeitet hat.

„Frau Meier ist eingetroffen!", verkündet Anke. „Jeder hat seine Hausaufgaben hoffentlich gemacht. Jetzt darf uns kein Fehler unterlaufen! Jan, wenn irgendwelche Informationen hereinkommen, bitte direkt an Gunnar Schleif weiterleiten. Er wird uns dann darüber in Kenntnis setzen." Jan zeigt seinen Daumen hoch. „Dann lassen wir uns mal überraschen, wie gesprächig Frau Meier ist", freut sich Hans. Alle drei gehen wieder in das andere Gebäude Richtung Verhörraum 1. Herr Meier ist erst einmal inhaftiert worden, bis er vor den Richter geführt wird.
Sie sehen Frau Yvonne Meier auf demselben Stuhl sitzen, wie ihr Mann kurz zuvor. Sie wirkt freundlich und dabei auch überheblich. Der Anwalt sitzt auch wieder auf seinem Platz, rechts neben ihr. Anke betritt als Erstes den Raum. Hans und Gunnar Schleif folgen

ihr. „Guten Tag, Frau Meier", sagt sie beim Betreten des Raumes. „Was wollen Sie von mir!", giftet sie sofort los. „Sie lassen mich in Hamburg wie einen Verbrecher abholen! Was bilden Sie sich eigentlich ein!" Der Anwalt legt die Hand auf ihre Schulter und versucht, sie zu beruhigen. „Das tut mir leid, wenn Sie das so empfunden haben, Frau Meier", reagiert Anke. Sie und Hans setzen sich an den Tisch gegenüber von Yvonne Meier. Hans öffnet diesmal das Mikrofon und zählt die Beteiligten auf, Datum und Uhrzeit. „Die Rechte wurden Ihnen ja auch schon vorgelesen", spricht Hans sie an. „Ja! Aber warum die ganze Show hier! Ich will sofort mit meinem Mann sprechen!" „Leider ist das gerade nicht möglich, weil er sich in einem anderen Raum aufhält." Anke wird förmlich getroffen von dem eiskalten Blick dieser Frau. Was für ein Biest stellt sie fest. Yvonne Meier hat beide Hände auf den Tisch gelegt, damit sie jederzeit aufspringen kann. Ein Blick auf die Hände und Anke sieht, dass alle Fingernägel gleichmäßig maniküt sind.

„Frau Meier, wir haben einige Fragen an Sie", beginnt Anke.

„Das konnte nicht in Hamburg geschehen? Wenn es um meinen Mann geht, dann kann ich Ihnen nicht helfen. Ich kenne mich nicht in seinen Geschäften aus."

„Sie wussten nichts von den Diamanten?", fuhr Anke gelassen fort.

„Nein! Woher denn auch. Ich bin so gut wie nie in seinem Möbelhaus. Darauf hat er bestanden, nachdem das mit seiner ersten Frau schiefgegangen ist."

„Und Sie haben sich nie Gedanken über Ihren Luxus gemacht?"

„Welchen Luxus? Indem ich den ganzen Tag im Haus sitze und wir mal am Wochenende auf dem Kiez sind? Da habe ich aber eine ganz andere Vorstellung von Luxus." Die Stimme von Frau Meier beruhigt sich leicht. Das wollte Anke auch mit ihren Fragen bezwecken. Sie soll sich erst einmal sicher fühlen, bevor sie vor vollendenten Tatsachen gestellt wird.

„Können Sie uns etwas über Ihren Tagesablauf erzählen?"

„Was macht Frau Meier so? Ich gehe zum Friseur oder besuche die Kosmetikerin. Ich koche gerne gesundes Essen und treffe mich mit Freunden zum Frühstück. Und? Was machen Sie so zu Hause?" Anke übergeht die Frage.

„Gehen Sie auch ins Nagelstudio? Ihre Fingernägel sehen so perfekt aus." Yvonne Meier schaut begeistert auf ihre Hände. „Ja, gerade letzte Woche. Mir war ein Nagel abgebrochen und das sieht man nun wirklich nicht mehr."

„Oh, dann sollte ich das auch mal in Angriff nehmen. Aber ich denke, meine Kollegen sind gleich etwas genervt von meinen Fragen zum Äußeren", grinst Anke und sie wusste, jetzt hatte sie sich etwas Frau Meier näher können. Hans tat so, als ob er gelangweilt ist und gähnt dazu noch mit einer Hand vor dem Mund. „Dann machen wir mal weiter, Frau Fleur", sagt er leicht genervt. Auch er spielt seine Rolle gut.

„Ja, ja, wo waren wir? Ach ja, bei den Diamanten. Haben Sie Ihren Mann mal nach Südafrika begleitet?"

„Ja, einmal. Schrecklich, nicht nur der lange Flug ist anstrengend, sondern auch diese Hitze in dem Land! Die meiste Zeit blieb ich im Hotel. Der ganze Komplex wurde mit einer Klimaanlage geregelt."

„Wo genau liegt das Hotel?"

„Direkt in Kapstadt. Wir konnten von unserem Zimmer auf den Tafelberg sehen. View Mountain hieß es. War ganz nett, aber ich habe danach beschlossen, nie wieder mitzufliegen."

„Ist Ihr Mann öfter nach Kapstadt geflogen?"

„Ja, zwei bis dreimal im Jahr. Er hat dort einen Partner. Darüber bezieht er seine Waren. Er hat die Möbel dort vor Ort eingekauft und hier her verschiffen lassen."

„Und er hat sich mit seiner Freundin Jana Würmer dort getroffen", Anke preschte jetzt vor.

Frau Meiers Augen treten hervor und ihr Kopf wird knallrot. „Er hat dort was gemacht?" „Sich mit seiner Freundin getroffen. Wussten Sie das nicht?" Yvonne Meier springt auf und drückt ihre Hände in die Hüften. Als ob sie einen Schmerz verspürt, lässt sie die eine Hand von der Hüfte wieder los. „Was bilden Sie sich eigentlich ein, so etwas meinem Mann zu unterstellen!" Der Anwalt bittet Frau Meier, sich wieder hinzusetzen, aber sie winkt ab.

„Sie wussten nichts von dieser Affäre und wussten auch nicht, dass Ihr Mann Vater geworden ist von einem kleinen Mädchen?"

Wenn Frau Meier etwas zum Schmeißen in der Hand gehabt hätte, wäre es Anke entgegengeflogen. Puterrot steht sie vor dem Tisch. Hans ist wachsam geworden, da er das Gefühl hat, dass Yvonne Meier gleich auf Anke losstürmt.

„Sie wussten also nichts von diesem Verhältnis, soll mir diese Art von Reaktion zeigen? Bitte setzen Sie sich doch wieder, damit wir das hier vernünftig beenden können", Anke spürt, wie sie in ein Wespennest gestochen hat. Sie setzt sich tatsächlich wieder auf den Stuhl, aber der Kopf von Yvonne Meier bleibt hochrot.

„Ihr Mann hatte ein Verhältnis mit der toten Frau im Hotel. An diesem Abend im Hotel war Ihr Mann die ganze Zeit an Ihrer Seite?"

„Ja, natürlich!"

„Als er sich schlafen gelegt hat, sind Sie auch die ganze Zeit in dem Zimmer geblieben?"

„Ja, auch das. Ich war die ganze Zeit an meinem Laptop."

„Ja, das sagten Sie bereits im Hotel." Frau Meier nickt.

„Was haben Sie beruflich gemacht, bevor Ihr Mann meinte, Sie müssten nicht mehr arbeiten?"

„Ich war in einer Fitnesscompany beschäftigt."

„Als Fitnesstrainerin?" Frau Meier zögert etwas, bevor sie antwortet.

„Nein, ich war im Büro tätig."

„Computerarbeiten?"

„Ja, ja genau." Damit wussten alle, dass sie nicht mit der Wahrheit herauswollte.

„Ihr Mann sagte uns, dass Sie sehr fundierte Computerkenntnisse haben."

„Ach, das ist auch einfach, er hat ja gar keine Ahnung von dieser Technologie", dabei versucht sie leicht zu lächeln, was ihr aber missglückt.

Gunnar Schleif steht wieder mal auf und legt Anke sein Tablet hin. Eine Nachricht war eingegangen von Jan. Er hat mit dem Nagelstudio telefoniert und sie haben bestätigt, dass Sie am Freitag bei Frau Meier den rechten Zeigefinger wieder erneuert haben. Außerdem haben sie die DNA von Herrn Meier auf dem Messer gefunden und tatsächlich auch die von seiner Frau. Zudem stammt die Messermarke aus dem Möbelhaus. Anke nickt und Gunnar Schleif setzt sich wieder auf den Stuhl in der Ecke.

Frau Meier starrt Anke an. Sie ist durch diese Ablenkung etwas beirrt. Anke fängt an, den Gunnar Schleif zu mögen. Er hat verstanden, wann er sich ruhig verhalten muss und die jungen Leute sind mehr vertraut mit der Technik als sie selbst. Hans ignoriert die kurze Unterbrechung und fährt fort. „Davor waren Sie in der Firma Data Loga. Dort haben Sie personenbezogene Daten verarbeitet. So ist es doch gewesen?"

„Ja, aber was hat das mit meinem Mann zu tun? Jeder kann Daten irgendwo in ein System einpflegen. Außerdem musste ich Geld verdienen."

„Das schon, aber diese Daten waren zur Identifizierung von Personen gedacht. Damit haben Sie Kenntnisse, wie Sie an Personendaten kommen."

„Das ist lange her! Was sollen diese Fragen?"

„Frau Meier, wann sind Sie Jana Würmer zum ersten Mal begegnet?" erkundigt sich Hans.

„Ich kenne diese Frau nicht! Wie oft muss ich Ihnen das denn sagen!" Anke legt die Hand auf den Arm von Hans. Er sieht sie an. „Komm, lassen wir die ganze Fragerei jetzt." Dann steht sie auf. „Frau Meier, wir verhaften Sie wegen Mordes an Jana Würmer. Sie werden gleich von den Kollegen abgeführt und am Montag dem Haftrichter vorgeführt." Hans sieht Anke entgeistert an und der Anwalt springt sofort auf. „Sie können meine Mandantin nicht festnehmen. Es liegen keine Beweise vor!" „Oh doch, das können wir. Wir haben mehrere Beweise, dass Frau Yvonne Meier schuldig ist an dem Tod von Jana Würmer! Herr Schleif, zeigen Sie uns das Foto von dem Fingernagel." Gunnar Schleif springt auf und öffnet das Bild auf seinem Tablet. „Ist das Ihr abgebrochener Fingernagel, Frau Meier?" Frau Meier starrt auf das Foto. „Woher soll ich das denn wissen?"

„Den haben die Kollegen in dem Wollpullover von Jana Würmer gefunden. Wie kommt dieser Fingernagel und ihr Haar in den Wollpullover?" Ohne eine Antwort abzuwarten, fährt Hans fort. „Sie haben den Pullover zusammen mit dem Messer in den Altkleidercontainer hinter dem Hotel Bremer geworfen."

„Das glauben Sie doch selber nicht! Einen Fingernagel! Dass ich nicht lache!"

Hans geht darauf nicht weiter ein. „Hier auf dem Foto ist nur ein Fingernagel zu sehen aber mit Ihrer positiven Bewertung bei Ihrem Fingernagelstudio, haben Sie uns schon alles gestanden. Außerdem haben wir die blonden Haare mit denen aus Ihrem Haus verglichen. Eine 100-prozentige Übereinstimmung liegt uns hier vor." Frau Meier stiert auf ihre Hände.

„Herr Schleif, zeigen Sie uns bitte das Foto von dem Messer." Gunnar Schleif öffnet das nächste Bild und legt sein Tablet vor Yvonne Meier.

„Sie erkennen sicherlich das Messer aus Ihrem Möbelhaus?", fragt Hans sie. „Sie brauchen nicht zu antworten. Hier sind die DNA-Spuren von Ihrem Mann an dem Messergriff. Das Blut daran stammt von Jana Würmer und auch ihr eigenes Blut klebt an der Klinge. Somit haben wir alles, was wir für einen Richter benötigen. Wir verhaften Sie wegen Beihilfe zum Mord an Jana Würmer."

„Mein Mann soll mit mir zusammen die Frau umgebracht haben? Wo bin ich hier eigentlich gelandet?" Hilflos sieht Frau Meier ihren Anwalt an. „Darf ich mit meiner Mandantin unter vier Augen sprechen?" Anke schaltet das Mikrofon aus und alle drei verlassen den Raum. „Anke, warum bist du so vorgeprescht?", fragt Hans sie im Nachbarraum. „Sie wird immer wieder eine Ausrede haben und ich hatte das Gefühl, bei dieser Frau musst du es auf der emotionalen Ebene versuchen. Das ist das Einzige, was sie aus der Reserve lockt und das kann sie nicht kontrollieren. Dadurch macht sie Fehler", argumentiert Anke. „Davon bin ich nun nicht gerade überzeugt, aber es ist jetzt nun einmal so. Hat sie wirklich mit ihrem Mann zusammen Jana umgebracht?", hinterfragt Hans. „Es fehlt der Zusammenhang. Herr Meier war schon von Jana Würmer getrennt und wollte nur seine Diamanten zurückholen. Warum sollte er sie so eiskalt ermorden wollen? Hat Jana ihn doch noch erpresst?"

„Warten wir mal ab, was der Anwalt ihr vorschlägt. Die Beweise sind jetzt eindeutig. Jetzt könnte Sie natürlich alles ihrem Ehemann in die Schuhe schieben, aber das erklärt nicht ihr eigenes Blut am Messer", bemerkt Anke. „Nein, sie kann das nicht ihrem Ehemann in die Schuhe schieben, das blonde Haar wird ihr zum Verhängnis. Es reicht aber für uns aus, um sie hierzubehalten. Wir haben sonst nichts mehr, oder Herr Schleif? Ist noch irgendwas von Herrn Wiemer eingetroffen?" „Nein, bisher noch nichts", und er ruft erneut seine E-Mails ab.

Sie sehen durch die verspiegelte Scheibe, dass der Anwalt mit seiner Klientin keine Gespräche mehr führt. Alle drei gehen wieder in den Raum zurück. „Können wir unser Gespräch fortsetzten?", fragt Hans alle Beteiligten. Ein Nicken vom Anwalt reicht, um das Mikrofon wieder einzuschalten.

„Frau Meier, erklären Sie uns jetzt, wie Sie Jana Würmer ermordet haben?", beginnt Hans.

„Nein, weil ich es nicht gewesen bin", etwas kleinlauter als vorher antwortet sie.

„Frau Meier, Ihr Mann hat uns erklärt, dass er nichts mit dem Mord zu tun hat. Er hat geschlafen, während Sie aus dem Zimmer geschlichen sind. Er ist wach geworden und ging auf die Toilette. Da waren Sie nicht in dem Hotelzimmer. Er hat eine ganze Zeit wach gelegen und als Sie wiedergekommen sind, waren Sie ziemlich außer Atem", lügt Hans. Gunnar Schleif fängt irritiert an, auf seinem Tablet herum zu tippen. Anke muss sich einen Moment zusammennehmen, damit sie nicht Hans fragend ansieht. Sie nickt dann zustimmend. Hans fährt fort. „Zusammen mit den Beweismitteln und mit der Aussage Ihres Mannes, gehen Sie vermutlich lebenslang ins Gefängnis."

Frau Yvonne Meier springt auf. „Mein Mann hat mich beschuldigt, seine Freundin ermordet zu haben? Was bildet sich dieser Scheißkerl eigentlich ein! Betrügt mich jahrelang im Ausland und dann kommt seine Tussi auch noch mit einem Kind von ihm hier an!" Erschrocken schlägt sie sich die Hände vor ihren Mund. Wie Anke gesagt hatte, sie ist sehr emotional und das wird ihr Verhängnis sein.

„Ist das der Grund, warum Sie Jana Würmer ermordet haben? Aus Eifersucht?", spricht Hans ruhig weiter.

„Ich liebe meinen Mann. Er ist das Beste, was mir passieren konnte. Er trägt mich auf Händen, aber anscheinend habe ich ihm nicht gereicht. Er hat mich belogen. Ich war so enttäuscht von ihm!" Frau Meiers Stimme wird sanft, fast wehmütig. Ihre äußerliche Hülle ist aufgeplatzt und nun sitzt dort eine betrogene Ehefrau.

„Warum haben Sie ihr die Kehle durchgeschnitten?", Anke hält das Hinausziehen nicht mehr länger aus.

„Sie ist vor mir weggerannt und ich habe sie auf der 2. Etage eingeholt. Ich bin durchtrainiert und diese Schlampe ist es nicht."

„Dann haben Sie sie von hinten geschubst?"

„Ja, dabei ist sie gegen die Wand gefallen."

„Sie hatten die ganze Zeit das Messer in Ihrer Hand?"

„Ich bin total ausgeflippt, als sie da vor mir stand und ohne zu zögern habe ich ihr dann das Messer an den Hals gehalten. Ich wollte sie nicht umbringen, aber sie hat sich gewehrt und dann passierte es einfach."

„Frau Meier, könnten wir das alles jetzt von Anfang an durchnehmen?", wirft Hans ein.

„Wie haben Sie von der Beziehung Ihres Mannes erfahren?"

„Ich habe es schon länger geahnt. Wenn er aus Kapstadt wieder kam, war er jedes Mal verändert. Wir Frauen spüren das. Ich habe dann angefangen, zu recherchieren. Ich habe mich auf sein Firmenprofil eingehackt und bin irgendwann auf den Namen Jana Würmer gestoßen. Alles Weitere war schnell gefunden. Er bezahlte ihre Flugtickets und im Hotel hatte ich angerufen und mich als jemand anderes ausgegeben. Dort wurde mir bestätigt, dass Jana Würmer mit meinem Mann zusammen dort das Zimmer teilt."

„Warum haben Sie das Hotel Bremer als Kulisse ausgewählt?"

„Es war für mich am einfachsten. Das ganze Hotel ist sehr veraltet und so auch die Technik. Das brauchte nur zwei Klicks, um alles lahmzulegen."

„Warum haben Sie überhaupt beim Hotel Bremer die Technik ausgeschaltet?"

„Ich wollte nicht, dass diese Frau irgendwie Hilfe rufen konnte, falls etwas schiefgeht."

„Dann war es auch noch ein geplanter Mord, Frau Meier, und damit bekommen Sie lebenslang."

Frau Meiers Blick wird glasig. „Mein Mann war für mich alles. Ich habe sonst nichts in meinem Leben."

Anke hat kein Mitgefühl mit dieser berechnenden Frau. Sie führt das Gespräch weiter. „Wie ist Jana Würmer ungesehen in die Tiefgarage hereingekommen?"

Yvonne Meier lacht gekünstelt. „Einfach ein Standbild auf dem Bildschirm an der Rezeption und die Schranke war oben, als dieses Flittchen kam."

„Und danach haben Sie die Notausgangtür verriegelt mit einer Metallstange?"

„Ja, damit sie dort nicht herauslaufen konnte."

Anke merkt langsam, dass die Frau kurz vor dem Wahnsinn steht.

„Sie haben Jana Würmer in die Suite 31 bestellt per SMS von dem Telefon Ihres Mannes."

Sie kichert. „Mein Mann hat doch keine Ahnung von so etwas."

„Haben Sie immer ein Messer mit im Koffer, wenn Sie auf Reisen gehen?"

„Mein Mann hasst stumpfe Messer in Hotels und hat deswegen immer sein eigenes dabei."

Das erklärt also auch die DNA-Spuren auf dem Griff, denkt sich Anke.

„Sie sind dann auch in die Suite 31 gegangen?", fragt sie weiter.

„Ich bin in das Zimmer gegangen und diese Schlampe stand im Badezimmer, nackt. Sie hat mich aber sofort gesehen und ist an mir wie eine Irre vorbeigerannt. Ich war einen Moment überfordert und bin dann hinterhergelaufen. Bis auf die 2. Etage, da habe ich sie eingeholt."

„Dann sind Sie wieder in die Suite 31 und haben die Kleidung mitgenommen?"

„Ich habe alles schnell gegriffen und wollte wieder runter in unser Zimmer. Ich habe dann den Max gehört, wie er die Treppe runterging. Ich musste schnell stoppen und bin hingefallen, dabei habe ich mir das Messer in die Seite gerammt."

„Dann haben Sie einen Schrei von sich gegeben", Anke fällt wieder ein, dass Max einen Schrei wahrgenommen hat, nachdem er die Leiche gesehen hatte.

„Ja, das tat höllisch weh und tut es heute noch."

„Wann haben Sie die Sachen in dem Container entsorgt?"

„Nachdem wir das Hotel Bremer verlassen haben. Ich habe meinen Mann noch einmal zurückgeschickt, weil ich etwas vergessen habe und bin dann zu diesem Container geeilt."

Gunnar Schleif erhebt sich. „Eine Frage von mir, Frau Meier." Alles sieht ihn an. „Haben Sie das Stuhlbein auf das Smartphone von Herrn Max gestellt?"

Sie sieht ihn an. „Ja, als ich den Schlüssel von Suite 31 geholt habe." Die Frau ist wirklich berechnend, denkt sich Anke.

„Ich denke, wir sind für heute hier fertig", meint Hans und sieht in die Runde. Anke merkt nun auch langsam den langen Tag in ihren Knochen. Sie freut sich auf eine Runde joggen und eine heiße Dusche. Hans schaltet das Mikrofon aus und alle stehen auf. „Frau Meier, Sie werden gleich abgeholt", sagt er noch, bevor sie den Raum verlassen.

„Die Frau ist doch total verrückt", meint Gunnar Schleif auf dem Weg zurück in das andere Gebäude. „Sie ist einfach sehr intelligent. Herr Meier hat einen Fehler begangen, als er sie nicht mehr arbeiten ließ.

Ich denke, sie ist so langsam komplett durchgedreht", unterstützt Hans die These.

„Ja, schade. Zwei Menschen haben eine Familie unabhängig voneinander ausgelöscht, ohne es zu wissen." Sie kommen ins Büro und Schulz sitzt wieder hinter dem Tresen. „Hi Schulz, deine freie Zeit ist wieder vorbei?", spricht Anke ihn an. „Ja und dann gleich Spätdienst. Wie ist es gelaufen?" „Gut, beide sind überführt und werden einige Jahre im Gefängnis sitzen. Somit haben wir für heute Feierabend", erklärt ihm Anke. „Ich werde nur eben unserem Chef eine kurze Info zukommen lassen, und dass wir uns mit ihm, morgen vor der Pressekonferenz, zusammensetzen", dabei nimmt Hans das Telefon und ruft Erwin Leibold kurz an. Anke hört bei diesem Gespräch nicht mehr zu. Sie geht zum Flipchart und blickt einen Moment auf ihr Geschriebenes. Dieser Fall ist nun gelöst. Sie nimmt den Schwamm und wischt alles weg.

Am nächsten Morgen gehen Hans und Anke zu Erwin Leibold in sein Büro. Er gratuliert beiden zum Erfolg. „Gute Leistung! Ich trete gleich vor die Presse. Frau Fleur?" Anke sieht ihren Chef an und nickt. „Wie sind Ihre Englischkenntnisse?" Etwas irritiert blickt sie ihren Chef an. „Ich hoffe noch ganz gut, aber ich habe die Sprache lange nicht mehr gesprochen. Wieso fragen Sie mich das?" Er grinst Hans zu. Die beiden führen doch etwas im Schilde, denkt sie sich. „Übermorgen geht ein Flug nach Kapstadt. Wir haben für Sie einen Platz in der Maschine gebucht. Sie sollen bei der Verhaftung von Herrn van der Merwe mitwirken und die Kollegen dort vor Ort unterstützen. Außerdem haben sie noch einiges an Urlaub. Vielleicht wollen Sie ja noch etwas den Einsatz verlängern und sich das Land ansehen." Ohne eine Antwort abzuwarten, dreht er sich um und setzt sich wieder auf den Stuhl hinter seinen Schreibtisch. Hans schiebt Anke aus dem Büro, die mit offenem Mund dasteht. „Nun kannst auch du dir deinen Traum erfüllen", flüstert er ihr ins Ohr. Sie lacht ihn an. „Danke für deine Zustimmung", und ihr Herz macht Sprünge.

ENDE

Danksagung

Diesmal bin ich kurz an meine Grenzen geraten. Ich wollte bei der Seite 14 alles hinschmeißen. Ich und ein Krimi! Ich lief verzweifelt durch das Haus.

Mein Mann glaubte an mich und meinte, ich soll mich nicht schwächer machen, als ich es bin. Meine Tochter Alina hat gemeint, wenn nicht du, wer dann? Somit habe ich die Herausforderung angenommen und tatsächlich durchgehalten. Einen Krimi zu schreiben, ist kein Vergleich zu einem Roman. Jedes Detail muss wieder auftauchen, damit der Leser nicht verwirrt ist. Fragen über Fragen schwirrten mir im Kopf herum. Wie kann ich die Spannung halten? Wie schaffe ich es den Täter erst am Ende preis zu geben? Meine beiden Testleser haben mir Mut gemacht. Meinen Krimiexperten Jasna und Marion sei Dank. Ohne euch beiden hätte ich nach Seite XYZ nicht mehr weitergeschrieben.

Ein dickes Dankeschön auch an Hannelore. Sie hat sich mit meinen Fehlerquellen auseinandergesetzt, dass erste Mal für sie, aber für mich hat sie eine wundervolle Arbeit geleistet.

Nach dem Wort ENDE war ich sogar etwas betrübt. Ich wollte einfach nur weiterschreiben.

Mich hat das Projekt Krimi so sehr begeistert, dass ich einen Folgekrimi schreiben werde. Natürlich mit meinen Darstellern Anke Fleur, Hans Eckhard und natürlich Gunnar Schleif – nur für Marion.

Folgt mir auf Instagram oder Facebook

Zeitfracht Medien GmbH
Ferdinand-Jühlke-Straße 7
99095 Erfurt, Deutschland
produktsicherheit@kolibri360.de